O PEQUENO FAZENDEIRO

Laura Ingalls Wilder

Tradução
Patricia N. Rasmussen

Principis

Publicado em acordo com a Harper Collins Children's Books,
uma divisão da Harper Collins Publishers.

© 2022 desta edição:
Ciranda Cultural Editora e Distribuidora Ltda.
Esta é uma publicação Principis, selo exclusivo da Ciranda Cultural

Título original
Farmer Boy

Texto
© Laura Ingalls Wilder

Editora
Michele de Souza Barbosa

Tradução
Patricia N. Rasmussen

Revisão
Fernanda R. Braga Simon

Produção editorial
Ciranda Cultural

Diagramação
Linea Editora

Ilustração
Fendy Silva

Imagens
graphixmania/Shutterstock.com

Dados Internacionais de Catalogação na Publicação (CIP) de acordo com ISBD

W673p	Wilder, Laura Ingalls.
	O pequeno fazendeiro / Laura Ingalls Wilder ; traduzido por: Patricia N. Rasmussen ; ilustrado por Fendy Silva. - Jandira, SP : Principis, 2022.
	192 p. ; 15,50cm x 22,60. (Os pioneiros americanos; v.2).
	Título original: Farmer Boy
	ISBN: 978-65-5552-791-9
	1. Literatura infantil. 2. Literatura americana. 3. Família. 4. Fazenda. 5. Aventura. I. Rasmussen, Patricia N. II. Silva, Fendy. III. Título. IV. Série.
2022-0721	CDD 028.5
	CDU 82-93

Elaborado por Lucio Feitosa - CRB-8/8803

Índice para catálogo sistemático:
1. Literatura infantil 028.5
2. Literatura infantil 82-93

1ª edição em 2022
www.cirandacultural.com.br
Todos os direitos reservados.
Nenhuma parte desta publicação pode ser reproduzida, arquivada em sistema de busca ou transmitida por qualquer meio, seja ele eletrônico, fotocópia, gravação ou outros, sem prévia autorização do detentor dos direitos, e não pode circular encadernada ou encapada de maneira distinta daquela em que foi publicada, ou sem que as mesmas condições sejam impostas aos compradores subsequentes.

Esta obra reproduz costumes e comportamentos da época em que foi escrita.

SUMÁRIO

Prefácio 5

Nos tempos de escola 7

Fim de uma tarde de inverno 13

Noite de inverno 21

Surpresa 25

Aniversário 30

Abastecendo o depósito de gelo 37

Noite de sábado 42

Domingo 46

Adestrando os bezerros 52

Mudança de estação 59

Primavera 65

O funileiro 72

O cachorro desconhecido 76

Tosquia das ovelhas 83

Onda de frio 88

Dia da Independência 93

Verão 101

Cuidando da casa 107

Colheita precoce 120

Colheita tardia 126

Feira do Condado 132

Outono 143

O sapateiro 147

O pequeno trenó 153

Debulha 156

Natal 160

Transportando lenha 168

A carteira do senhor Thompson 175

O pequeno fazendeiro 184

Sobre a autora 190

Prefácio

Cresci escutando as histórias dos livros de Little House. Desde que consigo me lembrar, minha mãe lia para mim na hora de dormir, começando com *Uma casa na floresta* e depois os outros até *Os primeiros quatro anos*… e então começava tudo de novo. Depois que aprendi a ler, mesmo me envolvendo com outros gêneros e autores, algo sempre me atraía de volta para os livros de Laura Ingalls Wilder. O fato de eu não ter sido criada no campo não fez diferença. Eu sentia enorme proximidade e fascínio com as histórias e não me lembro de outra coleção de livros que tenha prendido tão intensamente o meu interesse (e o meu afeto).

O pequeno fazendeiro sempre se destacou como um dos meus favoritos na coleção. Apesar de minha amada protagonista Laura não ser uma personagem nesta crônica da infância de Almanzo Wilder, seu estilo característico e sua escrita tão rica em detalhes certamente estão presentes. Reli *O pequeno fazendeiro* recentemente, como já fiz uma ou duas vezes em minha vida adulta, e senti instantaneamente como se estivesse andando na neve com Almanzo e seus irmãos a caminho da escola. Senti a mordacidade das outras crianças quando Almanzo foi incumbido da tarefa de levar a "vasilha do almoço" (o modo como Wilder se refere a "lancheira").

Ah, e nem me fale de tudo aquilo que Almanzo comia! Sempre tive a sensação de que podia praticamente sentir o gosto da comida da mãe de Almanzo: broa de milho crocante, salsichas com molho, maçãs e cebolas fritas, bolo macio com cobertura. Meu favorito: *donuts* que ela torcia de tal maneira que eles viravam no óleo conforme fritavam. Com os outros – sabe, aquelas roscas comuns, com um buraco no centro – a pessoa precisa ficar ali virando com a espátula, e ela considerava isso uma completa perda de tempo que poderia ser aproveitado fazendo outra coisa. Quando criança, eu achava que os *donuts* torcidos eram muito mais deliciosos. Agora adulta, em um mundo digital altamente programado, acho interessante que, já naquela época, a agenda da mãe de Almanzo fosse tão ocupada que chegava a afetar o modo como ela preparava a massa dos *donuts*! (E ainda acho que os *donuts* torcidos devem ser bem mais gostosos.)

São esses os lugares encantadores para onde *O pequeno fazendeiro* me transporta.

Mas acho que o fator principal que me atrai continuamente ao longo dos anos, durante os quais criei meus próprios meninos (e meninas!) fazendeiros, é que tive oportunidade de testemunhar algumas das coisas que Laura Ingalls Wilder escreveu sobre a infância de seu marido. Perdi a conta de quantas vezes observei meus filhos realizando suas tarefas no rancho de nossa família e me lembrei de coisas que Almanzo e seus irmãos faziam. Cuidar dos bezerros, quebrar o gelo no inverno, evitar faíscas no celeiro de feno, cavalgar, cumprir tarefas e até ganhar itens agrícolas como presentes de aniversário (Almanzo ganhou uma canga de boi; meus filhos ficaram entusiasmados ao ganhar uma rédea nova!) – então, muitas dessas coisas me lembravam de algo que li em *O pequeno fazendeiro*. E, apesar de já fazer mais de quarenta anos que ouvi pela primeira vez as histórias, meu fascínio e admiração não diminuíram nem um pouco.

Que lindo presente, que legado incrível...

Ree Drummond
Autora de *The pioneer woman cooks*

Nos tempos de escola

Era mês de janeiro no norte do estado de Nova York, há sessenta e sete anos. Havia neve por toda parte, e os galhos nus dos carvalhos, bordos e faias se curvavam sob seu peso. Ondulações de neve cobriam os campos e as muretas de pedra.

Por uma longa estrada que atravessava o bosque, um menininho caminhava para a escola, junto com seu irmão mais velho, Royal, e suas duas irmãs, Eliza Jane e Alice. Royal tinha treze anos, Eliza Jane tinha doze, e Alice tinha dez. Almanzo era o mais novinho, e aquele era seu primeiro dia na escola, porque ainda não havia completado nove anos.

Ele tinha que andar rápido para conseguir acompanhar os outros e também tinha que carregar a vasilha do almoço.

– Royal é quem deveria carregar a vasilha – disse Almanzo. – Ele é maior que eu.

Royal caminhava à frente, forte e parecendo um homenzinho em suas botas. Eliza Jane disse:

– Não, Manzo. É a sua vez agora, porque você é o menor.

Eliza Jane era mandona. Sempre sabia o que era melhor fazer e dava ordens a Almanzo e Alice.

Almanzo se apressava atrás de Royal, e Alice, atrás de Eliza Jane, nos sulcos feitos pelos trenós. A neve estava empilhada dos dois lados da estradinha, que descia uma longa encosta, depois seguia por uma ponte e continuava por mais um quilômetro e meio através do bosque congelado até a escola.

O frio beliscava as pálpebras de Almanzo e deixava dormente a pele de seu nariz, mas dentro das roupas de lã ele estava bem agasalhado. Eram todas feitas com a lã das ovelhas de seu pai. As roupas de baixo eram brancas, mas sua mãe havia tingido a lã para fazer as peças externas.

O casaco e a calça haviam sido tingidos com casca de nogueira. Depois a mãe tecera o fio com ponto apertado, transformando-o em um tecido espesso e pesado. Nenhum frio ou vento, nem chuva torrencial penetrava aquelas roupas de lã.

Para o colete, a mãe de Almanzo havia tingido lã com tinta vermelho-cereja e feito um tecido fino. Era leve, quentinho e de um lindo tom de vermelho.

A calça comprida marrom era abotoada até a cintura por uma fileira de botões brilhantes de metal, e a camisa era igualmente abotoada até o colarinho alto, bem como o casaco longo marrom. Sua mãe confeccionara um gorro com a mesma lã do casaco, com protetores de orelhas macios amarrados sob o queixo. Cada uma das luvas vermelhas estava presa a um cordão que subia por cada manga do casaco e se amarravam atrás da nuca, para que ele não as perdesse.

Ele usava um par de meias de cano longo que subia sobre a ceroula, e outro par sobre as pernas da calça. Nos pés, Almanzo usava mocassins, exatamente iguais aos que os índios usavam.

As meninas usavam um véu sobre o rosto quando saíam no frio do inverno rigoroso, mas Almanzo era menino, então seu rosto estava descoberto, exposto ao ar gelado. Suas bochechas estavam vermelhas como maçãs, o nariz estava mais vermelho que uma cereja, e depois de andar mais de dois quilômetros ele ficou feliz quando avistou a escola.

Era uma construção isolada no bosque congelado, no sopé de Hardscrabble Hill. Um rolo de fumaça subia da chaminé, e o professor havia removido a neve da frente, abrindo um caminho até a porta. Cinco meninos mais velhos rolavam sobre os morrinhos de neve na margem do caminho, engajados em uma luta corporal.

Almanzo ficou assustado quando viu os garotos. Royal fingiu que não estava com medo, mas estava. Eram meninos grandes do Instituto Hardscrabble, e todo mundo tinha medo deles.

Eles esmagavam os trenós dos meninos pequenos, só por diversão. Seguravam os garotinhos pelas pernas e os balançavam, depois os deixavam cair de cabeça na neve. Às vezes faziam dois meninos brigarem um com o outro, mesmo os meninos não querendo brigar e pedindo para os deixarem em paz.

Estes garotos tinham dezesseis, dezessete anos e iam para a escola só no meio do semestre de inverno. Agrediam o professor e depredavam a escola. Gabavam-se de que nenhum professor conseguia aguentar até o fim do semestre naquela escola, e de fato nenhum professor conseguira até então. Naquele ano, o professor era um rapaz magro e pálido.

Seu nome era senhor Corse. Era gentil e paciente e nunca castigava os meninos pequenos quando se esqueciam de como soletrar uma palavra. Almanzo sentiu um mal-estar ao pensar em como os garotos mais velhos bateriam no senhor Corse. O senhor Corse era menor que eles em tamanho.

O interior da escola estava silencioso, e era possível ouvir o barulho dos meninos grandes do lado de fora. Os outros alunos estavam em volta do grande fogão a lenha no centro da sala, conversando baixinho entre si. O senhor Corse estava sentado à sua mesa, com o rosto apoiado na mão pequena e lendo um livro. Ele ergueu a cabeça e disse em tom simpático:

– Bom dia.

Royal, Eliza Jane e Alice responderam educadamente, mas Almanzo não disse nada. Ficou em pé ao lado da mesa, olhando para o senhor Corse. O senhor Corse sorriu para ele e disse:

– Sabia que vou para a sua casa hoje à noite?

Almanzo estava apreensivo demais para responder.

– Sim – disse o senhor Corse. – É a vez do seu pai.

Cada família no distrito hospedava o professor por duas semanas. Ele ia de fazenda em fazenda até ter passado duas semanas em cada uma. Depois fechava a escola para encerrar o semestre.

Quando disse isso, o senhor Corse bateu em sua mesa com a régua; estava na hora de começar a aula. Todos os meninos e meninas ocuparam seus lugares. As meninas se sentavam do lado esquerdo da sala, e os meninos, do lado direito, com um grande fogão e um cesto de lenha entre eles. Os maiores se sentavam nas carteiras do fundo, os médios, nas carteiras do meio, e os pequenos, nas da frente. Todas as carteiras eram do mesmo tamanho. Quase não havia espaço para as pernas dos meninos maiores embaixo das carteiras, ao passo que os pés dos pequenos não alcançavam o chão.

Almanzo e Miles Lewis eram do primeiro ano, então se sentaram na frente, sem carteira. Tinham de segurar o material sobre as pernas.

O senhor Corse foi até a janela e deu uma batidinha na vidraça. Os meninos grandes entraram na escola com alarido, falando e rindo alto. Abriram a porta com estardalhaço, fazendo-a bater contra a parede, e entraram com ar arrogante no rosto. Big Bill Ritchie era o líder. Era quase do tamanho do pai de Almanzo, seus punhos eram tão grandes quanto os do pai de Almanzo. Ele bateu as botas no chão para soltar a neve e sentou-se ruidosamente em uma carteira nos fundos. Os outros quatro garotos também fizeram o máximo barulho que podiam.

O senhor Corse não disse nada.

Não era permitido conversar na sala de aula nem ficar se mexendo na carteira. Todos deviam ficar quietos e atentos à aula. Almanzo e Miles seguraram suas cartilhas e tentaram não balançar as pernas, que chegaram a doer de ficar penduradas ao longo da cadeira. De vez em quando, uma das pernas se movia involuntariamente, esticando-se para a frente, antes que Almanzo pudesse controlar. Ele então fazia de conta que nada havia acontecido, mas podia sentir o senhor Corse olhando para ele.

Nos assentos dos fundos, os meninos grandes cochichavam, empurravam-se e batiam os livros nas carteiras. O senhor Corse falou com firmeza:

– Menos bagunça, por favor!

Por um minuto eles ficaram quietos, mas logo recomeçaram. Queriam que o senhor Corse tentasse castigá-los. Nesse momento, todos os cinco garotos pulariam em cima dele.

Finalmente o senhor Corse iniciou a aula do primeiro ano, e Almanzo pôde escorregar para fora do banco para ir até a mesa do professor quando ele o chamou. O senhor Corse pegou a cartilha e deu aos meninos palavras para soletrar.

Quando Royal estava no primeiro ano, era frequente ele voltar para casa com a mão rígida e inchada. O professor batia em sua palma com uma régua quando Royal não sabia a lição. O pai lhe dizia:

– Se o professor tiver que bater de novo em você, Royal, vou lhe dar uma surra que você não vai esquecer nunca mais.

Mas o senhor Corse nunca batia na mão dos meninos com a régua. Quando Almanzo não conseguiu soletrar uma palavra, o senhor Corse disse:

– Fique na sala na hora do recreio e aprenda.

No recreio, as meninas iam primeiro. Colocavam o manto e o capuz e saíam em silêncio. Depois de quinze minutos, o senhor Corse batia na janela, e elas voltavam, penduravam os agasalhos na entrada e pegavam novamente seus livros. Então era a vez de os meninos saírem por quinze minutos.

Eles saíam gritando, e logo começavam a atirar bolas de neve nos demais. Os que tinham trenó subiam a colina e então desciam a encosta longa e íngreme, deitados de bruços. Depois corriam, lutavam, atiravam bolas de neve na cara uns dos outros, o tempo inteiro gritando a plenos pulmões.

Quando Almanzo teve que ficar na sala na hora do recreio, ele ficou com vergonha por ter que ficar ali com as meninas.

Ao meio-dia, todos tiveram permissão para sair da sala e passear ali em volta e conversar baixinho. Eliza Jane abriu a vasilha do almoço em sua carteira. Tinha pão com manteiga e salsicha, *donuts* e maçãs, e quatro deliciosas tortas de maçã, com as bordas generosamente recheadas de suculentas fatias de maçã.

Depois de comer até as migalhas de sua torta, Almanzo lambeu os dedos e bebeu um pouco de água da vasilha com uma concha, sentado em um banco em um canto. Em seguida, vestiu o casaco, colocou o gorro e as luvas e saiu para brincar.

O sol estava quase a pino. A neve cintilava, refletindo o brilho dos raios solares, e os lenhadores estavam descendo a colina, trazendo os trenós carregados de lenha e gritando e estalando o chicote para os cavalos, cujos sinos amarrados às cordas tilintavam melodiosamente.

Todos os meninos correram gritando para amarrar seus trenós aos dos lenhadores, e os que não tinham trenó subiram nas pilhas de lenha.

Passaram alegremente em frente à escola, descendo a estradinha. Bolas de neve voavam por toda parte. Em cima das pilhas de lenha, os garotos lutavam, empurrando uns aos outros sobre os morrinhos de neve na margem do caminho. Almanzo e Miles iam gritando no trenó de Miles.

Parecia que não fazia nem um minuto desde que tinham saído da escola, mas demorou muito mais tempo para voltarem. Primeiro eles andaram, depois apertaram o passo, depois correram, ofegantes. Estavam com medo de se atrasarem, e logo souberam que iam se atrasar. O senhor Corse daria chicotada em todos eles.

A escola estava em silêncio. Os meninos não queriam entrar, mas precisavam, então foram entrando, pé ante pé. O senhor Corse estava sentado à sua mesa, e as meninas estavam em suas carteiras, fingindo estudar. Do lado dos meninos, todas as carteiras estavam vazias.

Almanzo esgueirou-se para seu assento em meio ao silêncio aterrador. Pegou a cartilha e tentou respirar sem fazer ruído. O senhor Corse não disse nada.

Bill Ritchie e os outros garotos não estavam preocupados. Fizeram todo o barulho que podiam fazer enquanto ocupavam seus lugares. O senhor Corse esperou até que todos se aquietassem e então falou:

– Vou ignorar o atraso de vocês, desta vez. Mas cuidem para que não se repita.

Todo mundo sabia que os meninos grandes se atrasariam novamente. O senhor Corse não podia castigá-los porque sabia que os meninos poderiam bater nele, e era exatamente isso que eles pretendiam fazer.

Fim de uma tarde de inverno

O ar estava congelante, e os galhos estalavam com o frio. Uma luminosidade nebulosa vinha da neve, e sombras se formavam na floresta. Já estava anoitecendo quando Almanzo subiu com dificuldade a última e longa encosta até a casa da fazenda.

Ele corria atrás de Royal, que se apressava atrás do senhor Corse. Alice caminhava rápido atrás de Eliza Jane na outra trilha de trenó. Eles tinham a boca coberta para se proteger do frio e nem mesmo falavam.

A neve cobria o telhado da casa alta pintada de vermelho, e de todas os beirais pendia uma franja de grandes pingentes de gelo. A frente da casa estava escura, mas uma trilha de trenó levava aos grandes celeiros, um caminho havia sido aberto até a porta lateral, e a luz de velas brilhava nas janelas da cozinha.

Almanzo não entrou em casa. Ele deu a vasilha do almoço para Alice e foi para os celeiros com Royal.

Havia três celeiros, compridos, enormes, rodeando os três lados do celeiro quadrado. Juntos, deviam ser os melhores celeiros do país.

Almanzo entrou primeiro no estábulo. Ficava de frente para a casa e tinha trinta metros de comprimento. A fileira de baias dos cavalos ficava bem no meio; em uma das extremidades ficava o galpão de bezerros e também o confortável galinheiro; no canto oposto ficava a garagem de coches. Era tão grande que dois coches e o trenó podiam ser abrigados ali dentro, com espaço suficiente para desatrelar os cavalos. Os cavalos podem sair dali para as baias, sem precisar voltar a sair para o frio.

O celeiro principal começava na extremidade oeste do estábulo e chegava ao lado oeste do curral. No meio do celeiro principal havia um enorme espaço com grandes portas que davam para os prados, para permitir a entrada de carroções carregados de feno. De um lado ficava o grande depósito de feno, com quinze metros de comprimento e seis de largura, lotado de feno até o teto alto. Do outro lado havia catorze baias para as vacas e bois. Atrás delas ficava o barracão de máquinas e, depois dele, o de ferramentas. Nesse lugar, dobrando a esquina, ficava o estábulo sul.

Nele ficavam a sala de forragem, depois os currais para porcos, os currais para bezerros e, por fim, um grande espaço, que era a eira. Era ainda maior do que o espaço do celeiro principal, e era ali que ficava o moinho de vento.

Atrás desse grande espaço havia um galpão para o gado jovem e, ainda, o curral das ovelhas. Esse era o estábulo sul.

Havia uma cerca bem fechada de tábuas de madeira com mais de três metros e meio de altura contornando o lado leste do curral. Os três celeiros enormes e a cerca formavam uma proteção ao aconchegante quintal. Os ventos sopravam, e a neve batia contra as paredes, impedidos de entrar. Por mais tempestuoso que fosse o inverno, dificilmente havia mais de meio metro de neve no curral protegido.

Quando Almanzo ia para os grandes celeiros, ele sempre entrava pela portinha do estábulo. Ele amava cavalos. Observava-os em suas baias espaçosas, limpos e lustrosos, com seus pelos de um marrom brilhante, longas crinas e caudas pretas. Os sábios e calmos cavalos de trabalho mastigavam feno placidamente. Os mais novinhos aproximaram o focinho das barras, como se estivessem sussurrando algo. Então, suavemente, suas narinas roçaram ao longo do pescoço um do outro; um deles fingiu morder, e então começaram a relinchar e a empinar, brincando. Os cavalos mais velhos viraram a cabeça e olharam, como avós observando os netos. Mas os potros corriam animados, com suas perninhas ainda desajeitadas, e o olharam curiosos.

Todos eles conheciam Almanzo. Quando o viram, arrebitaram as orelhas, e seus olhos brilharam suavemente. Os novinhos se aproximaram ansiosos e colocaram a cabeça para fora, para aninhar-se nele. Seus focinhos eram macios como veludo, e em suas testas o pelo curto e fino era macio como seda. Seus pescoços arqueavam-se altivos, firmes, e as crinas negras caíam sobre eles como franjas pesadas. Dava vontade de passar a mão por aqueles pescoços firmes e curvos, quentes sob a crina.

Mas Almanzo não se atreveu a fazer isso. Ele não tinha permissão para tocar nos lindos cavalos mais novos. Não podia entrar em suas baias nem mesmo para limpá-las. O pai não o deixava lidar com os cavalos jovens e com os potros. O pai ainda não confiava nele, porque potros e cavalos jovens ficam mimados facilmente.

Um garoto que não tivesse cuidado poderia assustar um cavalo jovem, ou irritá-lo, ou até mesmo machucá-lo, e isso iria arruinar o animal. Ele aprenderia a morder, a dar coices e teria raiva de pessoas, e assim nunca seria um bom cavalo.

Almanzo tinha juízo; jamais assustaria ou machucaria um daqueles belos potros. Ele era sempre quieto, gentil e paciente; não assustaria um potro nem gritaria com ele, nem mesmo se o animal pisasse em seu pé. Mas seu pai não acreditava nisso.

Assim, Almanzo só podia olhar desejoso para os jovens cavalos. Tocou seus focinhos aveludados e então se afastou rapidamente deles e vestiu sua bata de celeiro por cima das boas roupas de escola.

O pai já havia dado água para todos os animais e estava começando a oferecer os cereais. Royal e Almanzo pegaram os forcados e foram de estábulo em estábulo, retirando o feno sujo do chão e espalhando feno fresco da manjedoura para fazer camas limpas para as vacas, os bois, os bezerros e as ovelhas.

Eles não precisavam fazer camas para os porcos, porque estes faziam suas próprias camas e as mantinham limpas.

No estábulo sul, os dois bezerros de Almanzo estavam em uma única baia. Eles vieram se empurrando até as barras quando o viram. Os dois eram baios, e um tinha uma mancha branca na testa. Almanzo o havia batizado de Star. O outro recebera o nome de Bright, por causa do pelo brilhante.

Star e Bright eram bezerros novos, com menos de um ano de idade. Seus pequenos chifres haviam apenas começado a crescer no pelo macio perto das orelhas. Almanzo coçou em volta dos pequenos chifres, porque os bezerros gostam disso. Eles enfiaram seus focinhos úmidos entre as barras e o lamberam com suas línguas ásperas.

Almanzo pegou duas cenouras da caixa de ração das vacas, partiu-as em pequenos pedaços e ofereceu, um pedaço por vez, para Star e Bright.

Então ele pegou seu forcado novamente e subiu no monte de feno. Estava escuro ali; apenas um pouco de luz vinha das laterais perfuradas do lampião pendurado abaixo. Royal e Almanzo não eram autorizados a levar lampiões para perto do feno, por risco de pegar fogo. Mas em pouco tempo eles se acostumavam a enxergar na penumbra.

Eles trabalhavam rápido, jogando feno nas manjedouras abaixo. Almanzo ouvia o barulho dos animais comendo. Os montes de feno eram quentes por causa do calor de todo o estoque abaixo, e o feno tinha um cheiro adocicado. Também havia o cheiro dos cavalos e das vacas, e um leve cheiro das ovelhas. E, antes que os meninos terminassem de encher as manjedouras, sentiram também o cheiro bom de leite quente espumando no latão de leite do pai.

Almanzo pegou seu banquinho de ordenha e um latão e sentou-se na baia de Blossom para ordenhá-la. Suas mãos ainda não eram fortes o suficiente para ordenhar uma vaca leiteira difícil, mas ele conseguia ordenhar Blossom e Bossy. Eram vacas mais velhas e calmas que produziam leite com facilidade e raramente balançavam a cauda até bater nos olhos dele, nem viravam o latão com a pata traseira.

Almanzo sentou-se com o latão entre os pés e ordenhou continuamente. Esquerda, direita! Swish, swish! Os jatos de leite caíam no balde, enquanto as vacas comiam os cereais e mastigavam as cenouras.

Os gatos do celeiro curvavam o corpo contra as quinas da baia, ronronando alto. Eles eram lustrosos e também gordos, por causa dos ratos que comiam. Todos os gatos do celeiro tinham orelhas grandes e caudas longas, sinais claros de bons caçadores de ratos. Dia e noite eles vigiavam os celeiros, mantendo camundongos e ratos longe dos cestos de ração, e, na hora da ordenha, lambiam potes de leite morno.

Quando Almanzo terminou a ordenha, ele encheu os potes para os gatos. Seu pai foi para a baia de Blossom com seu próprio latão e banquinho e sentou-se para tirar as últimas e mais ricas gotas de leite do úbere de Blossom. Mas Almanzo tinha tirado tudo. Então seu pai entrou na baia de Bossy e logo em seguida saiu e disse:

– Você é um bom ordenhador, filho.

Almanzo apenas se virou e chutou a palha no chão. Estava contente demais para dizer qualquer coisa. Agora poderia ordenhar vacas sozinho; o pai não precisaria tirar o restante de leite, depois dele. Logo estaria ordenhando as leiteiras mais difíceis.

O pai de Almanzo tinha olhos azuis gentis e brilhantes. Era um homem grande, com uma longa e macia barba castanha e cabelos também macios e castanhos. Sua túnica de lã marrom ia até o cano alto de suas botas. As abas da frente se sobrepunham no peito largo e, com um cinto apertado em volta da cintura, cobriam a calça de bom tecido marrom.

Seu pai era um homem importante. Ele tinha uma boa fazenda. Tinha os melhores cavalos do país. Sua palavra era tão valorizada quanto sua assinatura, e todo ano ele colocava dinheiro no banco. Quando ele ia a Malone, todas as pessoas da cidade falavam com ele respeitosamente.

Royal apareceu com seu latão de leite e o lampião. Em voz baixa, ele disse:

– Pai, Bill Ritchie foi para a escola hoje.

Os orifícios na lateral do lampião pontilhavam tudo com pequenas luzes e sombras. Almanzo percebeu a expressão solene do pai, que coçou a barba e balançou a cabeça lentamente. Almanzo esperou ansioso, mas o pai apenas pegou o lampião e deu uma última volta pelos celeiros para se certificar de que estava tudo em ordem para a noite. Então eles foram para casa.

O frio estava cruel. A noite estava escura e sem vento, e as estrelas brilhavam no céu. Almanzo alegrou-se ao entrar na grande cozinha, aquecida pelo fogo e pelas chamas das velas. Estava com muita fome.

A água coletada do barril de chuva esquentava no fogão. Primeiro o pai, depois Royal, e por fim Almanzo lavaram-se na bacia que ficava na bancada atrás da porta. Almanzo se enxugou com a toalha de linho e, de pé diante do pequeno espelho na parede, repartiu os cabelos molhados e penteou-os com suavidade.

Eliza Jane e Alice estavam apressadas para terminar de preparar o jantar. O cheiro agradável de presunto frito fez o estômago de Almanzo roncar.

Ele parou por um minuto à porta da despensa. A mãe estava coando o leite na outra extremidade da comprida despensa; estava de costas para ele. As prateleiras de ambos os lados estavam cheias de coisas boas para comer. Grandes queijos amarelos estavam empilhados ali, além de pães crocantes, quatro bolos grandes e uma prateleira inteira cheia de tortas. Uma das tortas foi cortada, e um pedacinho de crosta ficou tentadoramente caído; nunca seria ignorado!

Almanzo ainda não tinha nem se movido, mas Eliza Jane gritou:

– Almanzo, pare com isso! Mãe!

A mãe não se virou. Apenas disse:

– Deixe isso, Almanzo. Vai atrapalhar seu jantar.

Aquilo foi tão absurdo que deixou Almanzo furioso. Uma pequena mordida não poderia estragar uma refeição. Ele estava morrendo de fome, e não o deixariam comer nada até que o jantar fosse servido! Não fazia sentido. Mas é claro que não podia dizer isso à mãe; teve que obedecer sem dizer uma palavra.

Ele mostrou a língua para Eliza Jane, mas ela não podia fazer nada, pois suas mãos estavam ocupadas. Em seguida, ele foi rapidamente para a sala de jantar.

A luz do lampião ofuscava. Perto do fogão preso na parede, o pai conversava sobre política com o senhor Corse. O pai estava olhando para a mesa de jantar, então Almanzo não ousou tocar em nada.

Havia fatias de queijo tentadoras, um prato de patê de carne, tigelinhas de vidro com compotas, geleias e conservas, uma jarra alta de leite e uma panela fumegante de feijões cozidos com um pedaço crocante de toucinho de porco.

Almanzo olhou para aquilo tudo e sentiu o estômago roncar novamente. Engoliu em seco e afastou-se vagarosamente.

A sala de jantar era bonita. Havia listras verdes e fileiras de pequenas flores vermelhas no papel de parede de fundo marrom-chocolate, e a mãe havia tecido o tapete nas mesmas cores para combinar. Ela tingira os retalhos de verde e marrom-chocolate e os trançara em faixas, com uma minúscula listra de tecido vermelho e branco trançado entre eles. Os altos armários de canto estavam cheios de coisas fascinantes – conchas do mar, madeira petrificada, pedras decorativas e livros. E sobre a mesa de centro havia um castelo. Alice o fizera com palha de trigo amarela, entrelaçada frouxamente, com pedaços de tecido de cores vivas nos cantos. Balançava ao menor sopro de ar, e a luz do lampião brilhava ao longo da palha dourada.

Mas, para Almanzo, a visão mais bonita era de sua mãe trazendo a grande travessa de presunto escaldante.

A mãe era baixinha, rechonchuda e bonita. Seus olhos eram azuis, e seu cabelo castanho era macio como as asas lisas de um pássaro. Uma fileira de pequenos botões vermelhos descia pela frente de seu vestido de lã cor de vinho, da gola lisa de linho branco ao avental branco amarrado na cintura. As mangas grandes pendiam como grandes sinos vermelhos em cada extremidade da bandeja azul. Ela passou pela porta com uma pequena pausa e um puxão, porque seu saiote de aro de baixo era mais largo que a porta.

O cheiro do presunto era tão bom que Almanzo não sabia se conseguiria aguentar.

A mãe colocou o prato na mesa. Ela olhou para ver se tudo estava pronto e se a mesa estava devidamente posta. Então tirou o avental e pendurou-o na cozinha. Esperou até que o pai terminasse o que estava dizendo ao senhor Corse, e então finalmente avisou:

– James, o jantar está pronto.

Pareceu demorar muito tempo até que todos estivessem em seus lugares. O pai sentou-se à cabeceira da mesa; a mãe, na outra extremidade. Então, todos curvaram a cabeça enquanto o pai pedia a Deus que abençoasse o alimento. Depois disso, houve uma pequena pausa antes de o pai desdobrar o guardanapo e prendê-lo no colarinho.

Ele começou a servir os pratos. Primeiro serviu o prato do senhor Corse. Depois o da mãe. Depois, Royal, Eliza Jane e Alice. E, por fim, serviu o prato de Almanzo.

– Obrigado – disse Almanzo.

Aquelas eram as únicas palavras que ele tinha permissão para falar à mesa. As crianças deviam ser vistas, e não ouvidas. O pai, a mãe e o senhor Corse podiam falar, mas Royal, Eliza Jane, Alice e Almanzo não deviam dizer uma palavra.

Almanzo comeu os feijões cozidos, macios e adocicados; comeu o pedaço de toucinho, que derreteu como manteiga na boca; comeu batatas cozidas com molho; comeu o presunto; deu uma grande mordida no pão com manteiga e comeu a crosta crocante e dourada; terminou com uma generosa colherada de purê de nabo e uma porção de abóbora amarela cozida. Então suspirou e enfiou o guardanapo mais fundo na gola de seu colete vermelho. Comeu conserva de ameixa e geleia de morango, geleia de uva e picles de casca de melancia com especiarias. Ele se sentia muito confortável por dentro. Lentamente, comeu um grande pedaço de torta de abóbora.

Ele ouviu o pai dizer ao senhor Corse:

– Os meninos Hardscrabble foram para a escola hoje, Royal me disse.

– Sim – disse o senhor Corse.

– Eu soube que eles estão dizendo que vão expulsar você.

– Acho que vão tentar – disse o senhor Corse.

O pai soprou o chá na xícara. Provou um gole, depois bebeu tudo e serviu-se de mais um pouco.

– Eles expulsaram dois professores – contou. – No ano passado, machucaram tanto Jonas Lane que ele acabou morrendo.

– Eu sei – disse o senhor Corse. – Jonas Lane e eu estudamos juntos. Ele era meu amigo.

O pai não disse mais nada.

Noite de inverno

Depois do jantar, Almanzo foi cuidar de seus mocassins. Todas as noites ele se sentava em frente ao fogão na cozinha e esfregava os sapatos com sebo. Segurava-os no calor e, quando o sebo derretia, ele o esfregava no couro com a palma da mão. Seus mocassins sempre seriam confortavelmente macios e manteriam seus pés secos, contanto que o couro estivesse bem engraxado e ele não parasse de esfregar até que não absorvesse mais o sebo.

Royal também se sentou perto do fogão para engraxar suas botas. Almanzo não podia usar botas; tinha de usar mocassins porque ainda era pequeno.

A mãe e as meninas lavaram a louça e varreram a despensa e a cozinha, enquanto no porão o pai cortava cenouras e batatas para alimentar as vacas no dia seguinte.

Depois que terminou, o pai subiu a escada, trazendo uma jarra de sidra doce e uma baciada de maçãs. Royal encarregou-se da vasilha de milho. A mãe apagou o fogo e, depois que todos saíram da cozinha, ela soprou as velas.

Todos se acomodaram confortavelmente perto do grande fogão na sala de jantar. A parte de trás do fogão dava para a sala de estar, onde a família nunca ficava, exceto quando recebiam visitas. Era um bom fogão, aquecia as duas salas, a chaminé aquecia os quartos no andar de cima, e toda a parte superior era um forno.

Royal abriu a porta de ferro e, com o atiçador, desmanchou as toras carbonizadas em um cintilante leito de brasas. Colocou três punhados de milho na vasilha de arame e balançou-a sobre as brasas; em questão de segundos, um grão estourou, depois outro, depois três ou quatro de uma vez, e logo todos os grãos se transformaram em pipocas.

Quando a vasilha ficou cheia de pipocas brancas e fofinhas, Alice regou com manteiga derretida, misturou e colocou sal. Estavam quentes, crocantes e deliciosamente amanteigadas e salgadas, e todos podiam comer quanto quisessem.

A mãe tricotava, sentada na cadeira de balanço de espaldar alto. O pai raspou cuidadosamente com um pedaço de vidro o cabo novo de um machado. Royal esculpiu uma corrente de pequeninos elos em uma haste de pinho, e Alice sentou-se em sua almofada para trabalhar em seu bordado com lã. E todos comeram pipocas e maçãs e beberam sidra doce, com exceção de Eliza Jane. Ela leu em voz alta as notícias do jornal semanal de Nova York.

Almanzo sentou-se em um banquinho perto do fogão, com uma maçã na mão, uma cumbuca de pipoca a seu lado e a caneca de sidra a seus pés. Ele mordeu a maçã suculenta, comeu um pouco de pipoca e bebeu um gole de sidra. Ele refletiu sobre a pipoca.

Pipoca era uma coisa típica dos Estados Unidos. Ninguém além dos índios havia comido pipoca, até a chegada dos peregrinos. Na primeira celebração de Ação de Graças, os índios foram convidados para jantar, e todos compareceram e derramaram sobre a mesa um grande saco de pipocas. Os peregrinos não sabiam o que era. As mulheres peregrinas, também não. Os índios tinham estourado os grãos, mas provavelmente as pipocas não estavam muito boas. Provavelmente eles não haviam colocado manteiga, nem sal, e estariam frias e duras depois de serem transportadas em um saco de pele.

Almanzo olhava para cada pipoca antes de comer. Cada uma tinha um formato diferente. Ele já tinha comido pipocas milhares de vezes e nunca encontrara duas iguais. Então ele pensou que, se tivesse leite, ele comeria pipoca com leite.

A pessoa podia encher um copo até a borda com leite e encher outro copo do mesmo tamanho até a borda com pipoca, e então podia colocar todas as pipocas, grão a grão, dentro do leite, e o leite não transbordaria. Não é possível fazer isso com pão. Pipoca e leite são as únicas duas coisas que podem ocupar juntas o mesmo espaço.

Além disso, são coisas boas para se comer. Mas Almanzo não estava com muita fome. E sabia que a mãe não iria gostar que ele mexesse nas leiteiras. Se você mexe no leite quando a nata está subindo, ela não fica tão grossa. Então Almanzo comeu mais uma maçã e bebeu sidra com a pipoca e não disse nada sobre pipoca com leite.

Quando o relógio bateu nove horas, era hora de dormir. Royal pôs de lado sua corrente, e Alice, seu bordado. A mãe enfiou as agulhas de tricô no novelo de lã, e o pai deu a corda no relógio. Colocou mais uma tora no fogão e fechou os amortecedores.

– Está uma noite fria – disse o senhor Corse.

– Quarenta abaixo de zero – disse o pai –, e vai esfriar ainda mais de madrugada.

Royal acendeu uma vela, e Almanzo o seguiu, sonolento, até a porta da escada, mas o ar frio nas escadas o despertou imediatamente, e ele subiu correndo. O quarto estava tão frio que ele quase não conseguiu desabotoar as roupas e vestir a camisola comprida de lã e a touca de dormir. Ele deveria ajoelhar-se para rezar, mas não fez isso. Seu nariz doía de frio, e ele batia os dentes. Enfiou-se entre as cobertas na cama macia de penas de ganso e puxou-as até o nariz.

A próxima coisa de que ele se deu conta foi do grande relógio lá embaixo batendo doze badaladas. A escuridão pressionava seus olhos e testa, e ele tinha a sensação de que estavam cobertos de pequenas farpas de gelo. Escutou alguém descendo a escada, e em seguida ouviu a porta da cozinha abrir e fechar. Sabia que o pai estava indo para o celeiro.

Nem mesmo os grandes celeiros tinham espaço para abrigar todos os animais que o pai criava, entre vacas, bois, cavalos, porcos, bezerros e ovelhas. Vinte e cinco animais mais novos tinham que dormir em um barracão no curral. Se eles dormissem sem se mexer a noite toda, em noites frias como aquela, eles congelariam durante o sono. Por isso, à meia-noite, no frio intenso, o pai saía de sua cama quentinha para ir acordá-los.

Lá fora, na noite escura e fria, o pai estava acordando os animaizinhos, batendo com o chicote no chão e correndo atrás deles no curral. Ele fazia isso até que se aquecessem com o exercício. Almanzo abriu novamente os olhos, e a chama da vela estava tremulando sobre a cômoda. Royal estava se vestindo. A respiração dele se condensava no ar. A luz da vela era fraca, como se a escuridão tentasse apagá-la.

De repente, Royal já não estava lá, a vela estava apagada, e a mãe chamava lá de baixo, do pé da escada:

– Almanzo! O que está acontecendo? Está doente? São cinco horas!

Ele se arrastou para fora da cama, tremendo. Vestiu a calça e o colete e correu para baixo, para abotoar direito a roupa em frente ao fogão na cozinha. O pai e Royal tinham ido para os celeiros. Almanzo pegou os baldes de leite e saiu apressado. A noite parecia tão grande e silenciosa, e as estrelas cintilavam como flocos de neve no firmamento escuro.

Depois que as tarefas foram cumpridas e ele voltou com o pai e Royal para a cozinha quentinha, o desjejum estava quase pronto. Que cheirinho bom! A mãe estava fritando panquecas, e a grande travessa azul, mantida aquecida sobre a chapa do fogão, estava cheia de bolinhos de salsicha rechonchudos e dourados, mergulhados em molho.

Almanzo lavou-se o mais rápido que conseguiu e penteou o cabelo. Assim que a mãe terminou de coar o leite, todos se sentaram, e o pai fez uma oração agradecendo pela refeição.

Tinha mingau de aveia com açúcar de bordo, batatas fritas e bolinhos dourados de trigo à vontade, para Almanzo comer quanto quisesse, com salsichas ou com manteiga e molho doce. Havia compotas, geleias e *donuts*. Mas, mais do que tudo, Almanzo gostava da suculenta e saborosa torta de maçã com borda crocante. Ele comeu duas grandes fatias de torta.

E então, com o gorro quentinho com protetores de orelha, o cachecol enrolado até o nariz e a vasilha do almoço nas mãos enluvadas, ele iniciou a longa caminhada para mais um dia de escola.

Ele não queria ir. Não queria estar lá quando os garotos grandes agredissem o senhor Corse. Mas precisava ir, porque já tinha quase nove anos de idade.

Surpresa

Todos os dias, ao meio-dia, os lenhadores desciam a colina, e os meninos atrelavam seus trenós aos deles e deslizavam encosta abaixo. Mas percorriam só um trecho, para chegarem de volta à escola a tempo. Só Big Bill Ritchie e seus amigos não estavam preocupados com o momento em que o senhor Corse iria tentar castigá-los.

Certo dia, eles demoraram para voltar depois do recreio. Quando por fim entraram na sala de aula, olharam para o senhor Corse com um sorriso descarado no rosto. O professor esperou até que todos estivessem sentados, então levantou-se, pálido, e disse:

– Se isto acontecer novamente, eu irei castigá-los.

Todos sabiam o que aconteceria no dia seguinte.

Quando Royal e Almanzo chegaram em casa naquela noite, eles contaram ao pai o que havia acontecido. Almanzo disse que não era justo. O senhor Corse não tinha tamanho nem força para lutar nem mesmo com um só daqueles garotos, e os cinco pulariam em cima dele ao mesmo tempo.

– Eu gostaria de ser grandalhão para lutar com eles! – disse.

– Filho, o senhor Corse foi contratado pela escola para lecionar – respondeu o pai. – Os diretores da escola foram justos e sinceros com ele. Ele sabia o que iria enfrentar e aceitou. É da conta dele, não da sua.

– Mas eles podem matá-lo! – disse Almanzo.

– Não é problema seu – retrucou o pai. – Quando um homem aceita um trabalho, ele tem de cumpri-lo até o fim. Se Corse for o homem que eu penso que ele é, não iria gostar que alguém interferisse.

Almanzo não pôde deixar de repetir:

– Não é justo... Ele não consegue se defender dos cinco.

– Talvez você se surpreenda, filho – disse o pai. – Agora andem, meninos, as tarefas não podem esperar a noite toda.

Então Almanzo foi trabalhar e não disse mais nada.

Durante toda a manhã seguinte, sentado na sala de aula, segurando sua cartilha, ele não conseguia se concentrar. Estava com muito medo do que poderia acontecer com o senhor Corse. Quando o professor chamou os pequenos, ele não conseguiu ler a lição. Teria de ficar na sala com as meninas na hora do recreio, e sua vontade era poder dar uma surra em Bill Ritchie.

Ao meio-dia, ele saiu para brincar e viu o senhor Ritchie, o pai de Bill, descendo a colina em seu trenó carregado. Todos os meninos pararam onde estavam e ficaram observando o senhor Ritchie. Ele era um homem grande, com modos rudes, voz alta e risada alta também. Tinha orgulho de Bill porque Bill conseguia bater nos professores e depredar a escola.

Ninguém correu para amarrar o trenó atrás do dele, mas Bill e os outros garotos subiram na pilha de toras. E lá foram eles, falando alto, contornando a curva na estrada e sumindo de vista. Os outros meninos não brincaram mais; levantaram-se e conversaram sobre o que aconteceria.

Quando o senhor Corse raspou a veneziana, eles entraram, muito sérios, e se sentaram.

Naquela tarde, ninguém sabia as lições. O senhor Corse chamou os alunos de todas as séries, eles se levantavam, mas não sabiam responder às perguntas. O senhor Corse não castigou ninguém. Ele disse:

– Vamos repetir a mesma lição amanhã.

Todos sabiam que o senhor Corse não estaria ali no dia seguinte. Uma das meninas menores começou a chorar, e outras três ou quatro deitaram a cabeça na carteira e soluçaram. Almanzo forçou-se a permanecer imóvel em sua cadeira, olhando para a cartilha.

O PEQUENO FAZENDEIRO

Depois de um longo tempo, o senhor Corse o chamou até sua mesa, para ver se agora ele conseguia ler a lição. Almanzo sabia cada palavra, mas estava com um nó na garganta que impedia que sua voz saísse. Ficou olhando para a página da cartilha enquanto o senhor Corse esperava. Então eles ouviram os meninos grandes chegando.

O senhor Corse se levantou e colocou a mão magra gentilmente no ombro de Almanzo. Fez com que ele se virasse e disse:

– Volte para o seu lugar, Almanzo.

A sala estava em silêncio. Todo mundo estava esperando. Os garotos grandes percorreram o caminho em frente à escola ruidosamente, assobiando e empurrando uns aos outros. Então a porta bateu com força contra a parede, e Big Bill Ritchie entrou, com ar arrogante. Os outros entraram atrás dele.

O senhor Corse olhou para eles e não disse nada. Bill Ritchie olhou para ele e deu risada, mas mesmo assim ele continuou em silêncio. Os outros garotos empurraram Bill, e ele riu novamente na cara do professor. Em seguida, foi conduzindo os amigos para as carteiras do fundo, pisando duro e fazendo barulho.

O senhor Corse ergueu a tampa de sua mesa e escondeu a mão sob ela.

– Bill Ritchie, venha até aqui – ele chamou.

Big Bill pulou da cadeira e arrancou o casaco, gritando:

– Vamos lá, rapazes! – E avançou apressado pelo corredor entre as carteiras.

Almanzo sentiu-se mal; não queria olhar, mas não conseguiu evitar.

O senhor Corse se afastou da mesa, e em sua mão segurava um chicote preto comprido, de cerca de cinco metros, que ele sacudiu, cortando o ar com um som sibilante. Só o cabo de ferro seria suficiente para matar um boi. O senhor Corse lançou o chicote, que se enrolou nas pernas de Bill, fazendo-o perder o equilíbrio e quase cair. Com a velocidade de um raio negro, o chicote novamente foi lançado para a frente, prendendo as pernas de Bill. O senhor Corse estremeceu, por causa da força que fazia.

– Venha cá, Bill Ritchie! – exclamou, puxando Bill e recuando.

Bill não conseguia alcançar o professor. Cada vez mais rápido, o chicote sibilava e estalava, enrolando-se, enroscando-se nas pernas de Bill, e cada vez mais rápido o senhor Corse recuava, desequilibrando Bill. No espaço aberto diante da mesa do professor, o chicote continuava fazendo Bill tropeçar, o senhor Corse recuando enquanto atacava.

O chicote fez um corte na calça de Bill, rasgou sua camisa, e seus braços sangravam dos golpes do chicote, que eram tão rápidos que quase não era possível enxergar os açoites. Bill tentava se libertar, e o piso estremeceu quando uma chicotada o jogou para trás. Ele se levantou praguejando e tentou alcançar a cadeira do professor para jogá-la em cima dele, mas o chicote o fez girar. Ele começou a berrar como um bezerro, chorando e implorando.

O chicote continuava sibilando, rodopiando, sacudindo. Pouco a pouco, o senhor Corse foi empurrando Bill para a porta, até ele voar para fora de cabeça. Em seguida, o professor bateu e trancou a porta. Então virou-se para a classe e disse:

– Agora, John, venha.

John estava no corredor entre as carteiras, estupefato. Ele girou nos calcanhares e tentou fugir, mas o senhor Corse foi mais rápido, deu um passo à frente, pegou-o com o chicote e jogou-o para a frente.

– Ah, por favor, por favor, por favor, professor! – John implorou.

O senhor Corse não respondeu. Sua respiração estava ofegante, e o suor escorria por seu rosto. O chicote continuava saltitando e sibilando, feito uma serpente enlouquecida, empurrando John na direção da porta. O senhor Corse o atirou para fora e tornou a bater a porta. Quando ele se virou, viu que os outros garotos grandes tinham aberto a janela. Um atrás do outro, os três saltaram para fora e se afastaram correndo, cambaleando sobre a neve.

O senhor Corse enrolou cuidadosamente o chicote e guardou-o dentro de sua mesa. Limpou o rosto com o lenço, endireitou o colarinho e disse:

– Royal, pode fechar a janela, por favor?

Royal andou pé ante pé até a janela e a fechou. Então o senhor Corse iniciou a aula de aritmética. Ninguém sabia nada. Durante o resto da tarde, ninguém sabia coisa alguma. E não houve recreio nesse dia. Ninguém nem se lembrou do recreio.

Almanzo mal podia esperar pelo fim da aula para que pudesse sair correndo com os outros meninos e dar uns gritos lá fora. Os garotos grandes tinham sido derrotados! O senhor Corse tinha expulsado a gangue de Bill Ritchie do Instituto Hardscrabble!

Almanzo, porém, só entendeu a melhor parte disso tudo quando ouviu o pai conversando com o senhor Corse à noite, durante o jantar.

– Os garotos não conseguiram pôr você para fora, Royal me contou – disse o pai.

– Não – disse o senhor Corse. – Graças ao seu chicote.

Almanzo parou de comer. Ficou imóvel, olhando para o pai. O pai sabia, o tempo todo... Era o chicote dele que o senhor Corse usara para bater em Bill Ritchie. Almanzo tinha certeza de que seu pai era o homem mais astuto do mundo, bem como o maior e mais forte.

O pai estava falando. Disse que, enquanto os meninos grandes montavam no trenó do senhor Ritchie, contaram a ele que iam acabar com o professor naquela tarde. O senhor Ritchie achou engraçado e tinha tanta certeza de que os garotos fariam aquilo que contou a todo mundo na cidade que eles haviam acabado com o professor, e, no caminho de casa, parou para contar ao pai de Almanzo que Bill havia batido no senhor Corse e quebrado tudo na escola de novo.

Almanzo imaginou a surpresa do senhor Ritchie quando chegou em casa e viu Bill.

Aniversário

Na manhã seguinte, enquanto Almanzo tomava seu mingau de aveia, o pai disse que era seu aniversário. Almanzo tinha se esquecido. Estava fazendo nove anos naquela manhã fria de inverno.

– Tem uma coisa para você no depósito de lenha – disse o pai.

Almanzo queria ver logo o que era, mas a mãe disse que, se ele não comesse direito no café da manhã, era porque estava doente e teria que tomar remédio. Então ele comeu o mais rápido que pôde, e ela disse:

– Calma, não coloque tanta coisa na boca de uma vez.

As mães sempre implicam com o jeito como você come. Dificilmente você come de um jeito que elas gostem.

Mas por fim a refeição terminou, e Almanzo foi até o depósito de lenha. Lá estava uma canga de bezerro! O pai a fabricara com cedro, por isso era forte e ao mesmo tempo leve. E era de Almanzo!

– Sim, filho, você já tem idade para lidar com os bezerros.

Almanzo não foi para a escola naquele dia. Não precisava ir para a escola quando havia coisas mais importantes para fazer. Ele levou a pequena canga para o curral, e o pai foi junto. Almanzo achava que, se lidasse corretamente com os bezerros, talvez o pai o deixasse ajudar com os potros no ano seguinte.

Star e Bright estavam em sua baia quentinha no estábulo sul. O pelo de ambos estava lustroso graças à escovação que Almanzo fazia. Eles se aproximaram quando ele entrou na baia e o lamberam com a língua áspera. Achavam que Almanzo tinha trazido cenouras para eles. Não sabiam que ele ia ensiná-los a se comportar como bois crescidos.

O pai mostrou a Almanzo como encaixar cuidadosamente a canga no pescoço macio dos animais. Era preciso raspar as curvas internas até que a canga se encaixasse perfeitamente e a madeira ficasse lisa como seda. Almanzo baixou a grade da baia, e os bezerros curiosos o seguiram para o pátio frio e coberto de neve.

O pai segurou uma ponta da canga enquanto Almanzo colocava a outra ponta no pescoço de Bright. Depois Almanzo colocou o arco sob o pescoço de Bright, empurrou as pontas pelos orifícios da canga e enfiou um pino de madeira em uma das extremidades do arco, acima da canga, para manter o arco no lugar.

Bright ficava torcendo a cabeça e tentando ver o que era aquela coisa esquisita em seu pescoço. Mas Almanzo foi tão gentil que ele acabou ficando quietinho, e Almanzo deu a ele um pedaço de cenoura.

Star ouviu-o mastigando e se aproximou para ganhar um pedaço também. O pai o fez ficar ao lado de Bright, sob a outra ponta da canga, e Almanzo colocou o outro arco sob o pescoço dele e prendeu-o com o pino. Pronto, seus bezerros estavam atrelados.

O pai então amarrou uma corda ao redor dos chifres de Star, e Almanzo segurou a corda. Ficou na frente dos bezerros e gritou:

– Eia!

O pescoço de Star esticou-se, e Almanzo puxou a corda até o bezerro finalmente dar um passo para a frente. Bright resfolegou e recuou. A canga torceu a cabeça de Star, e ele parou, e os dois bezerros não estavam entendendo nada.

O pai ajudou a empurrá-los, até que ficaram novamente emparelhados. Então ele disse:

– Bem, filho, vou deixar você fazer sozinho. – E afastou-se em direção ao celeiro.

Foi então que Almanzo compreendeu que já tinha idade suficiente para fazer coisas importantes sozinho.

Ele ficou em pé ali na neve e olhou para os bezerros, que olhavam de volta para ele com expressão inocente. Perguntava-se como ensinaria a eles o que significava "Eia!". Não tinha como explicar, mas precisava encontrar um meio de fazê-los entender que, quando dissesse "Eia!", eles deveriam mover-se e andar.

Almanzo pensou por algum tempo, então deixou os bezerros, foi até a manjedoura e encheu os bolsos com cenouras. Em seguida, voltou e parou na frente dos bezerros, à maior distância possível, segurando a corda com a mão esquerda. Enfiou a mão direita no bolso da jardineira e gritou:

– Eia! – E mostrou uma cenoura para Star e Bright.

Os dois se aproximaram, ansiosos.

– Uooa! – Almanzo gritou quando eles chegaram perto.

Eles pararam para comer a cenoura. Almanzo ofereceu um pedaço a cada um, e depois que eles comeram ele recuou novamente e, enfiando a mão no bolso, gritou:

– Eia!

Foi surpreendente a rapidez com que eles aprenderam que "Eia!" significava mover-se para a frente e "Uooa!" significava parar. Estavam se comportando como bois adultos quando o pai apareceu na porta do celeiro e exclamou:

– Já está bom, filho, é o suficiente.

Almanzo não achava que era o suficiente, mas claro que não iria contradizer o pai.

– Os bezerros ficam irritados e param de obedecer se você forçar demais no início – explicou o pai. – Além do mais, está na hora do almoço.

Almanzo mal podia acreditar. A manhã passara voando.

Ele retirou os pinos de madeira, afrouxou os arcos e removeu a canga do pescoço dos bezerros. Em seguida, conduziu Star e Bright para a baia quentinha. Então o pai mostrou a ele com limpar os arcos e a canga com tufos de feno e pendurá-los em suas estacas. Ele deveria sempre limpá-los e mantê-los secos, para que não machucassem o pescoço dos bezerros.

Almanzo parou por um instante no estábulo para ver os potros. Ele gostava de Star e de Bright, mas os bezerros eram desengonçados em comparação com os esbeltos, elegantes e ágeis potros. As narinas deles tremulavam quando eles respiravam, as orelhas se moviam rápido como pássaros; suas crinas esvoaçavam quando moviam a cabeça, eles pisavam com delicadeza com suas pernas esguias e pequenos cascos, e seus olhos eram expressivos.

– Eu gostaria de ajudar a treinar um potro para ser montado – Almanzo arriscou-se a dizer.

– Isso é trabalho de homem, filho – disse o pai. – Um pequeno erro pode arruinar um potro bom.

Almanzo não disse mais nada e, muito sério, entrou em casa.

Era estranho fazer a refeição sozinho com os pais. Comeram à mesa da cozinha, porque eram somente os três. A cozinha refletia a claridade da neve lá fora. O piso e a mesa eram impecavelmente brancos, esfregados com soda cáustica e areia. As panelas de lata brilhavam como prata, e as de cobre, penduradas na parede, pareciam douradas. A chaleira chiava no fogão, e os gerânios no parapeito da janela estavam mais vermelhos que o vestido da mãe de Almanzo.

A fome de Almanzo era grande. Ele comeu em silêncio, ocupando-se em preencher o vazio em seu estômago, enquanto o pai e a mãe conversavam. Quando terminaram de almoçar, a mãe se levantou e começou a colocar os pratos dentro da bacia de lavar louça.

– Encha a caixa de lenha, Almanzo – disse ela. – Depois tem outras coisas que você pode fazer.

Almanzo abriu a portinhola do depósito de lenha ao lado do fogão.

Ali, bem à sua frente, estava um pequeno trenó, novinho!

Almanzo mal podia acreditar que era para ele. Afinal, já havia ganhado a canga de presente.

– De quem é este trenó, pai? – perguntou. – É... não é meu, é?

A mãe riu, e o pai piscou.

– Você conhece algum outro menino de nove anos que queira esse trenó?

Era um trenó lindo. O pai o havia feito de nogueira, em um tamanho apropriado para Almanzo, e parecia ser bem veloz; as corrediças de madeira formavam curvas longas e perfeitas, que pareciam prontas para voar sobre a neve. Almanzo alisou a madeira lisa e lustrosa. Estava tão perfeitamente polida que ele nem sentia as pontas dos pinos de madeira usados para unir as peças. Entre as corrediças havia uma barra para apoiar os pés.

– Ande logo! – disse a mãe, rindo. – Leve esse trenó para fora, que é lá o lugar dele.

O frio continuava firme em quarenta graus negativos, mas o sol brilhava, e Almanzo passou a tarde inteira brincando com o trenó. Claro que ele não deslizava na neve funda e macia, mas havia sulcos na estrada onde os outros trenós passavam. Ele subiu até o topo da colina, tomou impulso e jogou-se em cima do trenó, que desceu encosta abaixo.

O problema é que a trilha era estreita e cheia de curvas, então não demorou muito para o trenó virar e Almanzo cair de cabeça na neve amontoada na margem. Cambaleando, ele se levantou e subiu outra vez até o topo.

Por diversas vezes, ele entrou em casa para pegar uma maçã, ou um *donut*, ou biscoitos. O andar de baixo estava aquecido e deserto. Do andar de cima vinha o ruído metálico do tear da mãe de Almanzo. Ele abriu a portinhola do depósito de lenha e ouviu o som raspante de uma navalha e uma telha solta batendo.

Subiu a escada para o sótão, onde ficava a oficina de seu pai. As luvas molhadas de neve estavam penduradas em um cordão ao redor de seu pescoço; na mão direita ele levava um *donut*, e na esquerda, dois biscoitos. Deu uma mordida no *donut* e depois em um dos biscoitos.

O pai estava sentado na extremidade do cavalete, como em uma gangorra, junto à janela. A outra extremidade estava ligeiramente inclinada para cima, com duas estacas salientes. A seu lado direito estava uma pilha de telhas rústicas que ele havia partido de toras de carvalho com seu machado. Ele pegou uma telha, encaixou-a nas estacas e passou a navalha pelas laterais, afinando a parte superior mais que a inferior. Depois virou a telha, passou a navalha mais duas vezes e pronto. Colocou-a na pilha de telhas terminadas e pegou outra telha.

As mãos dele se moviam com agilidade e rapidez. Não pararam quando ele ergueu os olhos e piscou para Almanzo.

– Está se divertindo, filho?

– Pai, eu posso fazer isso? – perguntou Almanzo.

O pai deslizou para trás no cavalete, para dar espaço para Almanzo se sentar à sua frente. Almanzo passou uma perna sobre o cavalete e se sentou, antes de colocar o restante do *donut* na boca. Segurou o cabo da longa navalha e passou cuidadosamente pelas bordas da telha. Não era tão fácil quanto parecia, então o pai colocou as mãos sobre as de Almanzo e, juntos, eles limaram a telha até ficar lisinha.

Depois Almanzo virou a telha e limou do outro lado. Era tudo o que ele queria fazer. Levantou-se e foi até onde a mãe estava.

As mãos dela se moviam agilmente na roca, e o pé direito pisava no pedal do tear. Para a frente e para trás, a lançadeira passava velozmente de uma mão para a outra, para lá e para cá, e os fios da urdidura se entrelaçavam aos sons ritmados da roca incansável.

O quarto onde a mãe trabalhava era espaçoso e iluminado e recebia o calor da chaminé do fogão – que ficava no andar de baixo – que atravessava o cômodo do chão ao teto. A cadeira de balanço ficava perto de uma janela, e, ao lado, uma cesta com tapetes rasgados para costurar. Em um canto havia outro tear, inativo. Uma das paredes era revestida de prateleiras, lotadas de novelos de lã vermelha, marrom, azul e amarela, que a mãe havia tingido no verão.

No entanto, o tecido no tear era cinza mesclado. A mãe estava tecendo com lã natural de ovelha branca e de ovelha preta, entrelaçando os fios.

– O que é isso? – perguntou Almanzo.

– Não aponte, Almanzo – a mãe repreendeu. – Não é educado. – Ela falava alto, acima do ruído do tear.

– Para quem é? – perguntou ele novamente, dessa vez sem apontar.

– Para Royal. É o uniforme do colégio – explicou a mãe.

Royal ia para o colégio em Malone no inverno seguinte, e a mãe estava tecendo a fazenda para seu uniforme.

Estava tudo bem e confortável dentro de casa, e Almanzo desceu, pegou mais dois *donuts* no pote e saiu outra vez para brincar com o trenó.

Logo, porém, as sombras se alongaram nas encostas ao leste, e ele teve de deixar o trenó de lado para ajudar a dar água aos animais, pois era hora das tarefas na fazenda.

O poço ficava a uma certa distância dos currais. Havia uma casinha acima da bomba, e a água corria por uma calha na parede até o bebedouro do lado de fora. As calhas estavam cobertas com uma camada de gelo, e a manivela da bomba estava tão gelada que queimava a pele de quem a segurasse com a mão nua.

Os meninos às vezes desafiavam uns aos outros a lamber a manivela, naquele tempo frio. Almanzo era esperto demais para aceitar o desafio. A língua colava no ferro, e ou a pessoa ficava ali até morrer de fome ou puxava e deixava uma parte da língua grudada na manivela.

Almanzo entrou na casinha da bomba, com tudo congelado ao redor, e bombeou com força, enquanto o pai conduzia os cavalos para o bebedouro do lado de fora. Primeiro o pai levou os potros mais jovens, seguindo as éguas, depois os cavalos mais velhos, um por um. Mas ainda não estavam tão idosos que não pudessem empinar e pular e tentar se soltar da corda do cabresto, por causa do frio. Mas o pai segurou firme e não os soltou.

O tempo todo Almanzo bombeava o mais rápido que conseguia. A água jorrava da bomba com um chiado, e os cavalos mergulharam os focinhos gelados e beberam depressa.

Então o pai foi cuidar da bomba por um tempo. Encheu o bebedouro e depois foi buscar o restante do gado.

O gado não precisava ser conduzido até o bebedouro. Os animais iam até lá ansiosos e bebiam, enquanto Almanzo continuava bombeando, depois voltavam rápido para o curral quentinho, cada qual para o seu lugar. Cada uma das vacas entrava em sua baia e colocava a cabeça entre os apoios, sem errar.

Se isso acontecia porque elas tinham mais senso do que os cavalos, ou se era por hábito, o pai de Almanzo não sabia.

Almanzo pegou o forcado e começou a limpar as baias, enquanto o pai colocava aveia e ervilhas nos cochos. Royal chegou da escola, e todos juntos concluíram as tarefas, como de costume. O dia de aniversário de Almanzo tinha acabado.

Ele se lembrou de que teria de ir à escola no dia seguinte. Mas, naquela noite, o pai disse que tinha chegado a hora de picar gelo. Almanzo poderia ficar em casa para ajudar, e Royal, também.

Abastecendo o depósito de gelo

O tempo estava tão frio que a sensação de pisar na neve era a mesma de pisar em areia. Um pequeno jorro de água que fosse lançado no ar caía em pequenas bolas de gelo. Nem mesmo no lado sul da casa, ao meio-dia, a neve amolecia. Era o tempo perfeito para cortar gelo, porque, quando as placas eram retiradas do lago, não pingava água; ela congelava instantaneamente.

O sol estava nascendo, e as encostas dos montes de neve ao leste estavam rosadas na claridade da manhã, quando Almanzo se aninhou sob as mantas de pele entre Royal e o pai no grande trenó e partiram para a lagoa do rio Trout.

Os cavalos trotavam alegremente, com os guizos tilintando. A respiração saía em vapor de suas narinas, e as corrediças do trenó rangiam na neve endurecida. O ar frio se infiltrava para dentro do nariz congelado de Almanzo, mas a cada minuto o sol brilhava mais forte, iluminando pontinhos vermelhos e verdes em meio à neve, e por todo o bosque havia pingentes de gelo brancos e brilhantes.

A distância para a pequena lagoa no bosque era de um quilômetro e meio, e o pai parou uma vez para colocar as mãos sobre os focinhos dos cavalos. O ar exalado pelas narinas dos animais havia congelado, dificultando a respiração. O calor das mãos do pai derreteu o gelo, e eles continuaram a trotar normalmente.

Joe Francês e John Preguiçoso estavam esperando na margem do lago quando o trenó chegou. Eram franceses que moravam em pequenas cabanas rústicas de madeira no bosque. Não tinham fazendas, então caçavam, capturavam animais com armadilhas e pescavam, cantavam, brincavam, dançavam e bebiam vinho tinto em vez de sidra. Quando o pai precisava contratar alguém para algum serviço, eles trabalhavam para ele, e ele os pagava com carne de porco salgada, conservada nos barris no porão.

Os dois esperavam no lago congelado, usando botas de cano longo, casaco xadrez e boné de pele com protetores de orelhas. Os fartos bigodes de ambos estavam salpicados de gotículas de gelo da respiração condensada. Ambos tinham um machado apoiado no ombro e um serrote de dois cabos na mão.

O serrote de dois cabos tem uma lâmina longa e estreita e um cabo de madeira em cada extremidade. É para ser manuseada por dois homens, cada um segurando em uma ponta e empurrando para a frente e para trás para serrar. Mas não era possível serrar gelo dessa forma, porque o gelo estava sólido, e não havia onde apoiar o serrote.

Quando o pai viu os rapazes, riu e perguntou:

– Já jogaram a moeda?

Todos deram risada, com exceção de Almanzo. Ele não conhecia a história, então Joe Francês contou a ele:

– Certa vez, dois irlandeses foram incumbidos da tarefa de cortar gelo. Eles nunca tinham cortado gelo antes. Olharam para o gelo, olharam para o serrote, até que, por fim, Pat tirou uma moeda do bolso e disse: "Agora, Jamie, sejamos justos. Cara ou coroa, quem vai lá para baixo?"

Almanzo riu, achando graça na ideia de alguém afundar na água escura e fria, sob a camada de gelo, para segurar uma extremidade do serrote. Era engraçado pensar que havia pessoas que não sabiam cortar gelo.

Junto com os outros, ele foi andando sobre o gelo até o meio da lagoa. Soprava um vento gelado, levantando e arrastando fiapos de neve. Acima da água profunda, havia uma camada de gelo puro, liso e escuro, quase sem neve. Almanzo ficou observando enquanto Joe e John abriam um grande buraco triangular no gelo com o machado. Eles removeram os pedaços de gelo quebrado, deixando um laguinho de água dentro da lagoa.

— Tem cerca de cinquenta centímetros de espessura — disse John Preguiçoso.

— Então serrem cinquenta centímetros de gelo — instruiu o pai de Almanzo.

John Preguiçoso e Joe Francês se ajoelharam na beira do buraco, mergulharam o serrote e começaram a serrar. Ninguém precisou entrar na água para serrar.

Lado a lado, eles serraram duas fendas retas no gelo, com cinquenta centímetros entre uma e outra e com seis metros de comprimento. Então, usando o machado, John quebrou o gelo, e uma placa com cinquenta centímetros de largura, cinquenta de espessura e seis metros de comprimento se soltou e subiu, flutuando na água.

John empurrou a placa com uma vara para dentro do buraco triangular, e, quando uma ponta ficou de fora, rachando o gelo fino na água, Joe serrou pedaços de cinquenta centímetros. O pai de Almanzo recolheu os pedaços com uma pinça de ferro e colocou-os no trenó.

Almanzo correu até a borda do buraco para observar o procedimento. De repente, bem ali na beira, ele escorregou. Não conseguiu segurar-se em nada. Sabia que afundaria e seria levado pela água sob o gelo sólido. A correnteza o puxaria para baixo, onde ninguém conseguiria encontrá-lo. Ele se afogaria, incapaz de subir à superfície.

Entretanto, Joe Francês o agarrou bem a tempo. Almanzo ouviu um grito, sentiu uma mão segurá-lo pela perna e em seguida estatelou-se de barriga sobre o gelo sólido. Levantou-se depressa e viu o pai correndo em sua direção.

O pai parou diante dele, grande e assustador.

— Você merecia levar a maior surra da sua vida! — exclamou.

— Sim, pai — Almanzo sussurrou.

Sabia que deveria ter sido mais cuidadoso. Um menino de nove anos já tinha idade suficiente para não fazer coisas tolas sem pensar. Almanzo sabia disso e sentiu-se envergonhado. Encolheu-se, com medo de apanhar. O chicote do pai estava no trenó.

– Não vou bater em você desta vez – prometeu o pai. – Mas trate de ficar longe da beira da água.

– Sim, papai – Almanzo murmurou novamente e se afastou para longe do buraco.

O pai terminou de carregar o trenó, depois estendeu as mantas sobre as placas de gelo; Almanzo sentou-se em cima delas e, junto com Royal e o pai, voltou para o depósito de gelo perto dos celeiros.

O depósito de gelo era construído de tábuas, com fendas largas entre elas. Ficava acima do nível do chão, apoiada sobre blocos de madeira, parecendo uma enorme gaiola. Somente o piso e o telhado eram sólidos. No chão havia um monte de serragem, que o pai espalhou com uma pá até cobrir todo o piso com uma camada de quase oito centímetros de espessura.

Ali ele colocou as placas de gelo, separadas umas das outras por cerca de oito centímetros também. Depois ele voltou para o lago, enquanto Almanzo e Royal ficaram trabalhando no depósito de gelo.

Eles preencheram com serragem cada espaço entre as placas de gelo, usando varas para calcar bem. Em seguida, espalharam mais serragem por cima do gelo, sempre com camadas de aproximadamente oito centímetros de espessura, empurrando a serragem excedente para um canto com uma pá.

Trabalharam o mais rápido que conseguiram, mas, antes que terminassem, o pai voltou com outro carregamento de gelo. Arrumou as placas separadas umas das outras por oito centímetros e foi embora, deixando os dois meninos encarregados de preencher os espaços com serragem.

Eles trabalhavam tão arduamente que o exercício os aqueceu, mas bem antes do meio-dia Almanzo estava mais faminto que um lobo. Não podia interromper a tarefa por tempo suficiente para ir até em casa buscar um *donut*, mas sentia um vazio dolorido no estômago.

Ele se ajoelhou no gelo, colocou serragem nos espaços com as mãos enluvadas, calcou com a vara o mais rápido que pôde e perguntou a Royal:

– O que você mais gosta de comer?

Eles falaram de bistecas, peru com molho, feijão, pão de milho torrado e outras gostosuras. Mas Almanzo disse que o que ele mais gostava no mundo era de maçãs fritas aceboladas.

Quando finalmente foram para casa almoçar, havia na mesa uma grande travessa daquelas maçãs! A mãe sabia qual era o prato de que ele mais gostava e fizera para ele.

Almanzo se serviu quatro vezes de generosas porções de maçãs fritas aceboladas. Comeu rosbife com molho, purê de batata, cenoura e nabo refogados e incontáveis fatias de pão com manteiga e geleia de maçã verde.

– Não é fácil alimentar um rapazinho em fase de crescimento – a mãe disse, enquanto colocava no prato dele uma fatia de bolo e lhe entregava um jarro de creme de leite temperado com noz-moscada.

Almanzo derramou o creme sobre as maçãs incrustadas na massa fofa e crocante. Depois pegou a colher e comeu tudo, sem deixar uma migalha.

Então, até a hora de cuidar dos animais no fim da tarde, ele e Royal trabalharam no depósito de gelo. Continuaram no dia seguinte, e no final do terceiro dia o pai os ajudou a espalhar a última camada de serragem sobre os últimos pedaços de gelo, já quase na altura do teto do depósito. E, assim, a tarefa estava concluída.

Envolvidas na serragem, as placas de gelo não derreteriam nem mesmo no auge do verão. Seriam retiradas dali uma a uma, e a mãe faria sorvete, limonada e gemada gelada.

Noite de sábado

Era noite de sábado. A mãe de Almanzo havia passado o dia inteiro assando pães, bolos e tortas, e, quando Almanzo entrou na cozinha para pegar os latões de leite, ela ainda estava fritando *donuts*. O cheiro era maravilhoso, um misto de calor, pão recém-assado, molho e caramelo.

Almanzo pegou o *donut* maior e mordeu um pedaço crocante. A mãe estava enrolando a massa dourada e cortando-a em tiras, as quais ela tornava a enrolar, dobrar e torcer. Seus dedos se moviam com rapidez e agilidade, torcendo as tiras de massa e colocando-as na grande frigideira de cobre com gordura quente.

Os bolinhos afundavam, formando bolhas, e logo em seguida subiam e ficavam boiando na superfície, crescendo aos poucos até desvirarem sozinhos, com a parte branca para baixo e a parte dourada para cima.

Eles rolavam, explicou a mãe, porque eram torcidos. Algumas mulheres faziam *donuts* em um formato diferente, mais moderno, roscas redondas com um buraco no meio. Mas esse tipo de *donut* não virava sozinho na fritura, e a mãe não podia perder tempo virando os *donuts*; era mais prático torcê-los.

Almanzo gostava do dia de preparo de quitutes, mas não gostava das noites de sábado. Nas noites de sábado, não havia aconchego junto ao aquecedor, comendo maçãs, pipocas e sidra. As noites de sábado eram quando tinham de tomar banho.

Depois do jantar, Almanzo e Royal vestiram novamente seus casacos, gorros, protetores de orelhas e luvas e levaram uma tina lá para fora, para perto do barril que recolhia água da chuva. Com neve, tudo parecia fantasmagórico; as estrelas pareciam congeladas no céu, e somente uma luzinha fraca vinha da vela acesa na cozinha.

A água dentro do barril estava coberta por uma espessa camada de gelo e, no centro, onde o gelo era picado diariamente para evitar que o barril se partisse, o buraco estava cada vez menor. Royal cutucou a placa de gelo com o machado e, quando finalmente ela cedeu, a água surgiu na superfície com um ruído borbulhante.

É curioso que a água aumente de volume quando congelada. Tudo o mais encolhe de tamanho no frio.

Almanzo começou a tirar água e pedaços de gelo de dentro do barril para a tina. Era uma tarefa lenta e enregelante, e ele teve uma ideia.

Havia longos pingentes de gelo pendurados do beiral da cozinha. Na parte de cima, eram pedaços sólidos de gelo, que iam afinando para baixo até virar uma ponta que quase tocava a neve no chão. Almanzo segurou um deles e balançou, mas só conseguiu quebrar uma pontinha.

O machado tinha congelado no chão do alpendre onde Royal o havia deixado, mas Almanzo puxou com força e conseguiu soltá-lo. Ele o ergueu e bateu nos pingentes. Uma avalanche de gelo caiu com um barulho alto. Mas era um som glorioso!

– Me dê aqui! – Royal pediu, mas Almanzo deu outra machadada nos pingentes; o barulho foi ainda mais alto que antes.

– Você é maior que eu – disse Almanzo. – Quebre o gelo com as mãos.

Então Royal acertou os pingentes com os punhos; Almanzo atingiu-os de novo com o machado. O barulho foi ensurdecedor.

Almanzo gritou, Royal também gritou, e assim eles foram quebrando os pingentes, que voavam pelo alpendre e se espatifavam na neve. Ao longo do beiral formou-se uma lacuna, como se o telhado tivesse perdido alguns dentes.

De repente, a mãe abriu a porta da cozinha.
– Misericórdia! – ela exclamou. – Royal, Almanzo! Estão machucados?
– Não, mãe – disse Almanzo, baixinho.
– O que é isso? O que estão fazendo?
Almanzo sentiu-se culpado. Mas, na verdade, eles não estavam brincando, estavam trabalhando.
– Estamos pegando gelo para a água do banho, mamãe – respondeu.
– Por Deus, mas que barulheira! Precisam gritar feito Comanches?
– Não, mamãe – murmurou Almanzo.

Os dentes da mãe batiam de frio, e ela fechou a porta. Em silêncio, Almanzo e Royal recolheram os pingentes espalhados pelo chão e encheram a tina. Ficou tão pesada que eles cambalearam ao carregá-la, e o pai precisou erguê-la para colocar sobre o fogão.

O gelo derreteu enquanto Almanzo engraxava seus mocassins, e Royal, suas botas. Na despensa, a mãe encheu uma panela com feijão cozido, acrescentou cebolas, pimentões, toucinho e cobriu tudo com melaço. Almanzo viu-a abrir os barris de farinha e colocar farinha de centeio e de milho na grande vasilha amarela; depois ela misturou com leite, ovos e outros ingredientes e despejou tudo na assadeira.

– Venha segurar a assadeira, Almanzo. Cuidado para não entornar – disse ela.

Em seguida, pegou a panela de feijão, e Almanzo seguiu-a devagar, segurando a assadeira. O pai abriu as portas do forno, e a mãe colocou lá dentro o feijão e o pão, para assarem lentamente até a hora do almoço de domingo.

Depois disso, deixaram Almanzo sozinho na cozinha para tomar banho. A roupa de baixo limpa estava no encosto de uma cadeira para arejar e esquentar. O paninho de se lavar, a toalha e o pequeno recipiente de madeira com sabão cremoso estavam em outra cadeira. Ele pegou outra tina no depósito de lenha e colocou-a no chão, diante da porta aberta do forno.

Tirou o colete, um par de meias e a calça, e depois despejou um pouco da água quente da tina no fogão para a que estava no chão. Tirou o outro par de meias e a roupa de baixo, e o calor do forno causou uma sensação agradável em sua pele nua. Ficou ali por uns minutos, sentindo o calor, e ocorreu-lhe que poderia simplesmente vestir a roupa limpa sem tomar banho.

Mas a mãe perceberia, então ele entrou na água, que cobriu seus pés. Com a mão, ele pegou um pouco do sabão marrom e espalhou na toalhinha de lavar. Depois esfregou o corpo todo.

A água estava quentinha em volta de seus pés, mas no resto do corpo ele sentia frio. O calor do forno aquecia sua barriga, mas as costas molhadas o faziam tremer de frio. E, quando ele se virou, foi o contrário, as costas pareciam queimar, e ele sentiu frio na frente. Então lavou-se o mais depressa que pôde, secou-se com a toalha e vestiu rapidamente a roupa de baixo e a ceroula de lã, e por cima a roupa de dormir.

Então lembrou-se das orelhas. Pegou novamente o paninho de lavar e esfregou as orelhas e a nuca, para então colocar o gorro de dormir.

Sentia-se bem e limpo, com uma sensação de frescor na pele e aquecido nas roupas de lã macias. Era a sensação da noite de sábado.

Era agradável, mas não a ponto de querer tomar um banho para sentir-se assim. Se dependesse dele, não tomaria banho antes da primavera.

Almanzo não precisou esvaziar a tina, porque, se saísse ao ar livre depois de tomar banho, pegaria um resfriado. Alice esvaziaria a tina antes de tornar a enchê-la para tomar banho. Depois seria a vez de Eliza Jane, e por fim de Royal. Cada um esvaziaria a tina do anterior, e a mãe esvaziaria a tina de Royal. Mais tarde, o pai esvaziaria a tina da mãe e tomaria seu banho, e na manhã seguinte esvaziaria a tina pela última vez.

Almanzo entrou na sala de jantar e foi até onde a mãe estava para ser inspecionado. Ela colocou o tricô de lado e examinou as orelhas, a nuca, olhou para o rostinho limpo e cheiroso e deu-lhe um abraço apertado.

– Pronto, vá se deitar!

Almanzo acendeu uma vela, subiu depressa a escada gelada, então apagou a vela e deitou-se na cama macia e fria. Começou a rezar, mas adormeceu antes de terminar a oração.

Domingo

Na manhã seguinte, quando Almanzo entrou na cozinha com dois latões de leite quase transbordando, a mãe estava fazendo panquecas empilhadas, porque era domingo.

A grande travessa azul em cima do fogão estava cheia de bolos de salsicha fofinhos; Eliza Jane estava cortando tortas de maçã, e Alice estava servindo o mingau de aveia nos pratos, como sempre. Mas a travessa azul menor estava na parte de trás do fogão, e dez pilhas de panquecas formavam altas torres sobre ela.

Havia mais dez panquecas na chapa fumegante, e, assim que ficaram prontas, a mãe colocou uma em cada pilha, passou manteiga abundantemente e as cobriu com açúcar de bordo. Manteiga e açúcar derreteram juntos, ensoparam as panquecas fofas e escorreram pelas bordas crocantes.

Isso eram panquecas empilhadas. Almanzo gostava mais delas do que de qualquer outro tipo de panqueca.

A mãe continuou preparando mais panquecas. Por mais quantidade que fizesse, nunca era demais. Todos comiam pilha após pilha, e Almanzo ainda estava comendo quando a mãe disse:

– Misericórdia! Oito horas! Preciso voar!

A mãe sempre voava. Seus pés nunca paravam, suas mãos se moviam tão rápido que mal se podia vê-las. Ela nunca se sentava durante o dia, exceto em seu tear, e então suas mãos voavam, seus pés pedalavam, a roda girava, e o tear fazia barulho: *Bum! Baque! Clickety-clack!* Mas, no domingo de manhã, ela fazia todo mundo se apressar também.

O pai esfregou e escovou os pelos dos elegantes cavalos marrons até que brilhassem. Almanzo tirou o pó do trenó, e Royal limpou os arreios de prata. Eles amarraram os cavalos e depois foram para casa vestir as roupas de domingo.

A mãe estava na despensa, colocando a camada de cima na torta de frango de domingo. A torta era bem grande, fora feita com três galinhas gordas cozidas em um molho borbulhante. A mãe esticou a camada de massa, amassou as pontas, e o molho apareceu por entre a massa. Ela colocou a torta no forno com o feijão e o pão de centeio. O pai encheu o fogão com toras de nogueira e fechou as portas, enquanto a mãe correu para arrumar as roupas dele e as dela também.

As pessoas mais pobres tinham que usar tecidos caseiros aos domingos, e Royal e Almanzo usavam roupas feitas em casa. Mas o pai, a mãe e as meninas estavam muito elegantes, com roupas que a mãe havia feito na máquina de costura, com tecidos comprados em loja.

Ela havia feito o terno do pai com um fino tecido preto. O paletó tinha gola de veludo, e a camisa era de chita francesa. A gravata era de seda preta, e aos domingos ele não usava botas; usava finos sapatos de couro.

A mãe estava vestida com uma roupa de lã marrom, com gola de renda branca e babados de renda branca nos punhos, sob as mangas grandes em formato de sino. Ela mesma havia tecido a renda com os melhores fios, finos como teias de aranha. Havia tiras de veludo marrom em volta das mangas e na cintura, e ela fizera seu gorro do mesmo veludo marrom, com cordões de veludo marrom amarrados sob o queixo.

Almanzo tinha orgulho de sua mãe em suas belas roupas de domingo. As meninas também estavam muito bem, mas ele não sentia o mesmo orgulho das irmãs.

As saias delas eram tão volumosas que mal sobrava espaço para Royal e Almanzo se sentarem no trenó. Eles tiveram que se encolher e deixar o aro das saias projetar-se por cima de seus joelhos. E, se eles se mexessem, Eliza Jane gritava:
– Cuidado, desajeitado!
E Alice lamentava:
– Oh, meu Deus, minhas fitas estão amassadas!
Mas, quando todos se instalaram sob as mantas de pele de búfalo, com tijolos quentes a seus pés, e o pai soltou os cavalos empinados, Almanzo esqueceu-se de todo o resto.

O trenó foi veloz como o vento. O pelo dos formosos cavalos reluziam ao sol; seus pescoços estavam arqueados, as cabeças estavam erguidas, e suas pernas delgadas não pareciam se importar com a estrada de neve. Eles pareciam estar voando, com suas crinas e caudas longas e brilhantes esvoaçando para trás com o vento de sua velocidade.

O pai sentou-se ereto e orgulhoso, segurando as rédeas e deixando os cavalos ir o mais rápido que podiam. Ele nunca usava o chicote; seus cavalos eram dóceis e perfeitamente treinados. Ele só precisava apertar ou afrouxar as rédeas, e eles lhe obedeciam. Seus cavalos eram os melhores do estado de Nova York, ou talvez do mundo inteiro. Malone ficava a oito quilômetros de distância, mas o pai só partia trinta minutos antes do horário da igreja. Esses cavalos trotavam os oito quilômetros, e ainda sobrava tempo para levá-los até o estábulo e deixá-los cobertos com mantas e estar nos degraus da igreja quando o sino tocava.

Almanzo mal conseguia suportar quando pensava que se passariam anos e anos antes que pudesse segurar as rédeas e conduzir cavalos daquele jeito.

Em um piscar de olhos, o pai estava conduzindo o trenó para o galpão da igreja em Malone. Os galpões ficavam em uma construção baixa e alongada, ao redor dos quatro lados de uma praça. Para entrar na praça, havia um portão. Todo homem que pertencia à igreja pagava um aluguel por um galpão, de acordo com suas possibilidades, e o pai de Almanzo tinha o melhor de todos. Era tão grande que ele entrava lá para desatrelar, e havia uma manjedoura com caixas de ração e espaço para feno e aveia.

O pai deixou Almanzo ajudar a cobrir os cavalos com cobertores, enquanto a mãe e as meninas sacudiam as saias e alisavam as fitas. Em seguida, todos caminharam calmamente para a igreja. O primeiro toque do sino soou quando eles estavam na escada.

Depois disso, não havia mais nada a fazer a não ser ficar sentado até o fim da pregação, que durava duas longas horas. As pernas de Almanzo doíam, e ele tinha vontade de bocejar, mas não se atrevia a abrir a boca ou ficar inquieto. Sabia que devia sentar-se perfeitamente imóvel e nunca desviar os olhos do rosto solene do pastor com sua barba balançando. Almanzo não conseguia entender como o pai sabia quando ele não estava olhando para o pastor, se o próprio pai estava olhando para ele. Mas o pai sempre sabia.

Finalmente o culto terminou. Ao sol do lado de fora da igreja, Almanzo sentiu-se melhor. Os meninos não deveriam correr, rir ou falar alto no domingo, mas podiam conversar baixo, e o primo de Almanzo, Frank, estava lá.

O pai de Frank era o tio Wesley; ele era dono da fábrica de fécula de batata e morava na cidade. Ele não tinha uma fazenda. Frank era apenas um menino da cidade e brincava com os outros meninos da cidade. Mas, naquela manhã de domingo, ele estava usando uma boina comprada em loja.

Era feita de tecido xadrez, na máquina, e tinha abas de orelha que abotoavam sob o queixo. Frank desabotoou-as e mostrou a Almanzo que podiam ser viradas e abotoadas na parte superior da boina. Ele disse que a boina viera da cidade de Nova York. Seu pai a havia comprado na loja do senhor Case.

Almanzo nunca tinha visto uma boina assim. Ele queria uma também.

Royal comentou que era uma boina ridícula e disse para Frank:

– Qual é o sentido de protetores de orelha naquele botão acima? Ninguém tem orelhas no topo da cabeça.

Então Almanzo soube que Royal também queria uma boina daquelas.

– Quanto isso custou? – perguntou Almanzo.

– Cinquenta centavos – disse Frank, orgulhoso.

Almanzo sabia que não poderia ter uma. As boinas que a mãe fazia eram confortáveis e quentes, e seria um desperdício de dinheiro comprar uma boina. Cinquenta centavos era muito dinheiro.

– Você precisa ver nossos cavalos – disse ele a Frank.

– Ora, eles não são seus cavalos! – retrucou Frank. – São os cavalos do seu pai. Você não tem um cavalo, nem mesmo um potro.

– Eu vou ter um potro – disse Almanzo.

– Quando? – Frank perguntou.

Nesse momento, Eliza Jane gritou por cima do ombro:

– Venha, Almanzo! Papai já está atrelando!

Ele saiu correndo atrás de Eliza Jane, mas ouviu Frank falando baixinho, às suas costas:

– Você não vai ter potro nenhum!

Almanzo subiu no trenó com expressão muito séria. Perguntava-se se algum dia seria grande o suficiente para ter o que quisesse. Quando era mais novo, o pai às vezes o deixava segurar as rédeas junto com ele enquanto conduzia os cavalos, mas ele não era mais um bebê. Queria conduzir os cavalos sozinho. O pai permitia que ele escovasse, penteasse e esfregasse os velhos cavalos de trabalho e os conduzisse no arado, mas ele não podia nem mesmo entrar nas baias dos animados cavalos de tração ou dos potros. Mal ousava acariciar seus focinhos macios por entre as barras e afagar-lhes a testa sob a crina. O pai dizia:

– Vocês, meninos, fiquem longe desses potros. Em cinco minutos vocês podem ensinar-lhes manias que levarei meses para tirar.

Almanzo sentiu-se um pouco melhor quando se sentou para o almoço de domingo. A mãe cortou o pão de centeio quente na tábua de pão ao lado de seu prato. A colher do pai cortou profundamente a torta de frango; ele retirou grandes pedaços de massa espessa e virou no prato, com a parte de baixo para cima; depois tirou grandes pedaços de frango tenro, carne escura e carne branca se soltando dos ossos; acrescentou uma porção de feijão cozido e cobriu com uma fatia de toucinho. Na borda do prato, ele empilhou rodelas de beterraba. E entregou o prato a Almanzo.

Silenciosamente, Almanzo comeu tudo. Depois ele comeu um pedaço de torta de abóbora e se sentiu muito saciado. Mas comeu ainda um pedaço de torta de maçã com queijo.

Depois do almoço, Eliza Jane e Alice lavaram os pratos, mas o pai, a mãe, Royal e Almanzo não fizeram nada. Passaram a tarde toda sentados na sala de jantar quente, sonolentos. A mãe leu a Bíblia, e Eliza Jane leu um livro, e o pai cabeceava até que acordava com um solavanco, e então começava a cabecear novamente. Royal mexia na corrente de madeira que não conseguia talhar, e Alice ficou muito tempo olhando pela janela. Mas Almanzo ficou apenas sentado, quieto. Não tinha permissão para fazer mais nada, pois domingo não era um dia para trabalhar nem brincar. Era um dia para ir à igreja e ficar sentado quieto.

Almanzo ficou feliz quando chegou a hora de ir cuidar dos animais.

Adestrando os bezerros

Almanzo tinha ficado tão ocupado abastecendo o depósito de gelo que não teve tempo para continuar a ensinar os bezerros. Então, na segunda-feira de manhã, ele disse:

– Pai, posso faltar na escola hoje? Se eu não treinar os bezerros, eles irão esquecer tudo o que já ensinei.

O pai cofiou a barba e deu uma piscadela.

– Parece-me que um rapazinho também pode esquecer suas lições – disse ele.

Almanzo não havia pensado nisso. Pensou por um instante e falou:

– Bem, eu tive mais aulas do que os bezerros, e além disso eles são mais novos que eu.

O pai tinha um ar solene, mas a barba escondia um sorriso, e a mãe exclamou:

– Ah, deixe o menino ficar em casa, se ele quer! Não vai acontecer nada se ele faltar uma vez na vida, e ele tem razão, os bezerros precisam ser adestrados.

Então Almanzo foi até o estábulo e levou os bezerros para o pátio gelado. Colocou a pequena canga no pescoço deles, prendeu o arco com os pinos de madeira e amarrou uma corda em volta dos chifres de Star. Fez tudo isso sozinho.

Passou a manhã inteira dando voltas no pátio com os bezerros, exclamando alternadamente "Eia!" e "Uooa!". Star e Bright andavam quando ele dizia "Eia!" e paravam quando ele dizia "Uooa!", e lambiam os pedaços de cenoura que ele lhes oferecia nas mãos enluvadas.

Vez ou outra, ele próprio também dava uma mordida na cenoura crua. A parte externa era a melhor, um anel espesso, sólido e doce. A parte de dentro era mais suculenta, clarinha, mas tinha um sabor mais picante.

Ao meio-dia, o pai disse que os bezerros já tinham treinado bastante para aquele dia e que, à tarde, mostraria a Almanzo como fazer um chicote.

Eles entraram no bosque, e o pai cortou alguns galhos de bordo. Almanzo carregou os galhos para a oficina do pai, em cima do barracão, e o pai mostrou a ele como remover tiras da casca da árvore e entrelaçá-las para trançar um chicote. Primeiro ele amarrou as pontas de cinco tiras, depois fez uma trança redonda e sólida com elas.

Almanzo passou a tarde sentado ao lado do pai na oficina. Enquanto o pai limava as telhas, Almanzo trançou cuidadosamente seu chicote, imitando o modo como seu pai trançava os chicotes de couro. Enquanto ele virava e torcia as tiras, a fina camada externa caía em flocos, expondo a casca interna branca e macia. O chicote teria ficado branquinho, mas as mãos não muito limpas de Almanzo deixaram algumas manchas. Ele não conseguiu terminar antes do horário das tarefas, e no dia seguinte teria que ir para a escola. Mas todo final de dia ele trançava o chicote perto do fogão, até ficar com um metro e meio de comprimento. Então o pai lhe emprestou a navalha, e Almanzo limou um cabo de madeira e prendeu nele o chicote com tiras de casca de bordo. O chicote estava pronto!

Seria um chicote perfeitamente bom até o verão, quando ressecaria por causa do calor e ficaria quebradiço. Almanzo conseguia estalá-lo quase com o mesmo ruído com que o pai estalava o dele. E Almanzo terminou na hora certa, pois precisava dar a próxima aula aos bezerros.

Agora tinha de ensiná-los a virar para a esquerda quando gritasse "Hó!" e para a direita quando gritasse "Gui!"

Assim que o chicote ficou pronto, ele começou o adestramento. Passava as manhãs de sábado no pátio, ensinando Star e Bright. Nunca batia neles, apenas estalava o chicote.

Almanzo sabia que nunca conseguiria treinar um animal batendo nele, ou mesmo com gritos furiosos. Precisava ser sempre gentil, calmo, paciente, mesmo quando eles erravam. Era essencial que Star e Bright gostassem dele e confiassem nele, que soubessem que ele jamais os machucaria, porque uma única vez que sentissem medo seria suficiente para que nunca mais fossem dóceis e obedientes.

Agora eles já obedeciam toda vez que ele dizia "Eia!" e "Uooa!". Então ele já não ficava mais na frente dos dois, ficava do lado esquerdo de Star. Dessa forma, Star era o boi de dentro, e Bright era o boi de fora.

Almanzo exclamou "Gui!" e estalou o chicote com toda a força, bem perto da cabeça de Star. O bezerro se desviou do chicote, o que fez com que ambos os animais virassem para a direita. Almanzo exclamou "Eia!", e os dois andaram por um tempo para a frente, tranquilos.

Então ele ergueu o chicote, girou e estalou, com um ruído alto, do outro lado de Bright, e ao mesmo tempo gritou "Hó!".

Bright se esquivou do chicote, o que fez com que os dois bezerros virassem para a esquerda.

Às vezes eles se sobressaltavam e começavam a correr. Então Almanzo gritava "Uooa!", tentando fazer a voz soar grave e solene, como a do pai. Se os bezerros não paravam, ele corria atrás deles até alcançá-los. Quando isso acontecia, ele tinha de treinar com eles novamente o "Eia!" e o "Uooa!", por um longo tempo. Precisava ser muito paciente.

Em uma manhã de sábado muito fria, os bezerros estavam dispostos e animados e saíram correndo em volta do pátio no instante em que Almanzo estalou o chicote. Quando Almanzo tentou fazê-los parar, eles correram para cima dele, derrubando-o na neve, e continuaram a correr, pois era o que gostavam de fazer. Almanzo não conseguiu fazer muita coisa com eles naquele dia; ficou tão contrariado que chegou a tremer inteiro, e as lágrimas escorreram por seu rosto.

Almanzo tinha vontade de gritar com os bezerros travessos, chutá-los e bater na cabeça deles com o cabo do chicote. Mas não fez isso. Colocou o chicote de lado, amarrou a corda nos chifres de Star e fez com que eles dessem duas voltas no pátio, andando quando ele dizia "Eia!" e parando quando ele dizia "Uooa!".

Mais tarde, ele contou ao pai como havia sido o treinamento, porque achava que alguém tão paciente deveria ter permissão para escovar os potros. Mas o pai não parecia ter a mesma opinião.

– Tudo bem, filho – disse. – Com calma e paciência se vai longe. Continue assim e você terá uma bela dupla de bois.

No sábado seguinte, Star e Bright obedeceram direitinho a Almanzo. Ele não teria precisado estalar o chicote, porque eles obedeciam aos seus comandos. Mas estalou mesmo assim; gostava de estalar o chicote.

Nesse sábado, os meninos franceses Pierre e Louis vieram visitar Almanzo. Pierre era filho de John Preguiçoso, e Louis era filho de Joe Francês. Eles moravam com um monte de irmãos e irmãs em pequenas choupanas no bosque e pescavam, caçavam e colhiam frutinhas; nunca iam à escola, mas apareciam com certa frequência para trabalhar ou brincar com Almanzo.

Ficaram observando enquanto Almanzo mostrava as proezas dos bezerros no pátio. Star e Bright estavam se comportando tão bem que Almanzo teve uma ideia esplêndida. Foi buscar o lindo trenó que ganhara de aniversário e, com uma broca, fez um furo na parte da frente, entre as corrediças. Depois pegou uma das correntes do pai e um pino do trenó grande dele e amarrou os bezerros ao seu trenó.

Havia uma pequena argola de ferro sob a canga, bem no meio, exatamente como nas cangas maiores. Almanzo passou a alça do trenó por essa argola, até a pequena cruzeta para prender. Depois prendeu uma ponta da corrente na argola e enrolou a outra ponta no pino de segurança, na barra transversal. Dessa forma, Star e Bright puxariam o trenó pela corrente.

– Louis, suba no trenó – disse Almanzo.

– Não, eu sou maior! – disse Pierre, afastando Louis com um leve empurrão. – Eu vou primeiro.

— Melhor não — retrucou Almanzo. — Se o trenó ficar muito pesado, os bezerros são capazes de sair na disparada. Deixe Louis ir primeiro, porque ele é mais leve.

— Não, eu não quero ir — disse Louis.

— É melhor você ir — Almanzo insistiu.

— Não — teimou Louis.

— Está com medo? — perguntou Almanzo.

— Ele está com medo, sim — disse Pierre.

— Eu não estou com medo! — exclamou Louis. — Só não quero ir.

— Ele está com medo — Pierre provocou.

— Está, sim — concordou Almanzo.

Louis garantiu que não estava com medo algum.

— Está! — Almanzo e Pierre repetiram ao mesmo tempo.

Disseram que ele era um gato medroso, que era um bebezinho. Pierre mandou-o voltar para perto da mamãe dele. Por fim, Louis se sentou cautelosamente no trenó.

Almanzo estalou o chicote e gritou:

— Eia!

Star e Bright começaram a andar, mas pararam e tentaram se virar para ver o que estava atrás deles. Almanzo, porém, repetiu com firmeza:

— Eia!

Dessa vez os bezerros saíram andando e puxando o trenó. Almanzo ia ao lado deles, estalando o chicote e gritando "Gui!", conduzindo-os ao redor do pátio. Pierre correu atrás do trenó e acabou subindo também, e os bezerros continuaram puxando, sem reclamar. Então Almanzo abriu o portão do pátio.

Pierre e Louis saltaram rapidamente do trenó, e Pierre disse:

— Eles vão fugir!

— Acho que sei como lidar com meus bezerros — respondeu Almanzo.

Ele voltou para seu lugar ao lado de Star. Estalou o chicote e exclamou "Eia!", depois conduziu Star e Bright para fora da segurança do pátio, para o vasto e reluzente mundo exterior.

Exclamou "Hó!", depois "Gui!" e passou com eles em frente à casa, até chegar à estradinha. Os bezerros pararam quando ele gritou "Uooa!".

A essa altura, Pierre e Louis estavam entusiasmados. Subiram no trenó, mas Almanzo pediu que saíssem. Ele também queria ir no trenó. Sentou-se na frente, Pierre sentou-se atrás dele, e Louis, atrás de Pierre. Esticaram as pernas para fora, mantendo-as erguidas acima da neve. Almanzo estalou orgulhosamente o chicote e gritou:

– Eia!

Star levantou a cauda, Bright também, e os dois levantaram as patas traseiras. O trenó balançou, e tudo aconteceu de uma vez só.

– Bééé! – berrou Star.

– Bééé! – Bright também mugiu.

Tudo que Almanzo enxergava bem diante de seu rosto eram patas galopantes, caudas balançando e os traseiros dos bezerros se movendo velozmente.

– Uooa! – gritou Almanzo. – Uooa!

– Bééé! – Bright fez de novo, e Star também.

Eles iam muito mais rápido do que na descida da encosta. Galhos de árvores, neve, patas, tudo se misturava enquanto o trenó avançava, subindo acima do chão e voltando a cair. Cada vez que batiam no chão, Almanzo trincava os dentes.

Bright corria mais rápido que Star. Estavam indo para fora da estrada, o trenó ia capotar.

– Hó! Hó! – Almanzo gritou e no instante seguinte caiu de cabeça na neve, ainda gritando: – Hó!

Sua boca ficou cheia de neve. Ele cuspiu, debateu-se e levantou-se, cambaleante.

Tudo estava em silêncio. A estradinha estava deserta. Os bezerros tinham desaparecido, e o trenó, também. Pierre e Louis estavam se levantando da neve. Louis praguejou em francês, mas Almanzo não lhe deu atenção. Pierre cuspiu, limpou a neve do rosto e exclamou:

– *Sacre bleu!* Entendi você dizer que sabia conduzir os bezerros... Será que fugiram?

Lá embaixo na estrada, bem longe, semienterrados nos morrinhos de neve além da mureta de pedra, Almanzo avistou os lombos avermelhados dos bezerros.

– Não fugiram – disse ele. – Só correram. Estão ali embaixo.

Ele foi até lá para verificar. Ambos estavam com a cabeça e as costas para fora da neve. A canga estava retorcida, e os pescoços estavam tortos dentro dos arcos. Os focinhos estavam encostados um no outro, os olhos arregalados, como se perguntassem "O que aconteceu?".

Pierre e Louis ajudaram a cavar a neve para tirar os bezerros e o trenó. Almanzo endireitou a canga e a corrente. Em seguida, pôs-se na frente deles e gritou "Eia!", enquanto Pierre e Louis os empurravam por trás. Os bezerros voltaram para a estrada, e Almanzo os conduziu para o estábulo. Eles foram obedientes, com Almanzo andando ao lado de Star, estalando o chicote e dando os comandos, e tudo o que ele os mandava fazer eles faziam. Pierre e Louis foram caminhando atrás. Não quiseram mais subir no trenó.

Almanzo levou os bezerros até a baia e deu a cada um deles uma porção de milho. Limpou cuidadosamente a canga e a pendurou; pendurou também o chicote no gancho, limpou a corrente e o pino e colocou no lugar onde o pai os guardava. Então disse a Pierre e Louis que podiam sentar-se atrás dele, e os três deslizaram encosta abaixo no trenó até a hora das tarefas.

À noite, o pai perguntou:

– Teve algum problema hoje à tarde, filho?

– Não – respondeu Almanzo. – Só descobri que tenho que ensinar Star e Bright a conduzir o trenó comigo dentro.

E foi o que ele fez, no pátio.

Mudança de estação

Os dias estavam se tornando mais longos, mas o frio estava mais intenso. O pai dizia:

– Quando os dias começam a ficar maiores, o frio começa a aumentar.

Por fim a neve começou a se dissolver um pouco nas encostas ao sul e a oeste. Ao meio-dia, os pingentes pingavam água. A seiva estava surgindo nas árvores, e era época de fazer açúcar.

Nas manhãs frias, logo antes do alvorecer, Almanzo e o pai iam para o bosque de bordos. O pai levava uma canga de madeira nos ombros, e Almanzo levava outra, menor. Das extremidades das cangas pendiam tiras de casca de bordo, com grandes ganchos de ferro nas pontas e um volumoso balde de madeira pendurado em cada gancho.

Em cada bordo o pai fazia um pequeno orifício no tronco e enfiava ali um tubo de madeira. A seiva doce dos bordos pingava dentro de um balde menor.

Almanzo ia de árvore em árvore, despejando a seiva dos baldes pequenos para os maiores. O peso curvava seus ombros, mas ele amparava os baldes com as mãos para impedir que balançassem. Quando ficavam cheios, ele os esvaziava dentro do grande caldeirão.

O caldeirão ficava pendurado em um suporte colocado entre duas árvores. O pai mantinha uma fogueira acesa embaixo, para ferver a seiva.

Almanzo adorava perambular pelo bosque congelado. Andava sobre a neve onde ninguém ainda havia pisado, deixando para trás somente suas próprias pegadas. Com agilidade, esvaziava os baldes menores dentro dos maiores e, se sentisse sede, sorvia um pouco da seiva fina, doce e gelada.

Ele gostava de voltar para o fogo crepitante, atiçar as chamas e ver as fagulhas voarem. Aquecia o rosto e as mãos no calor e aspirava o cheiro da seiva fervente. Em seguida, voltava para o bosque.

Ao meio-dia, toda a seiva estava fervendo no caldeirão. O pai abria a vasilha do almoço, e Almanzo se sentava ao lado dele em um tronco. Os dois comiam e conversavam, com as pernas esticadas na direção do fogo e uma pilha de troncos atrás das costas. Ao redor deles havia somente neve, gelo e o bosque, mas eles se sentiam confortáveis e aconchegados.

Depois de comerem, o pai ficava perto do fogo para cuidar da seiva, mas Almanzo ia colher frutinhos silvestres.

Sob a neve nas encostas ao sul, as frutinhas vermelhas estavam maduras em meio às espessas folhas verdes. Almanzo tirava as luvas, afastava a neve com as mãos nuas, apanhava os cachos de bagos e colocava um punhado de uma vez na boca. Então mastigava as frutinhas crocantes, deleitando-se com seu sumo aromático.

Não existia nada melhor no mundo do que amoras e framboesas colhidas em meio à neve.

As roupas de Almanzo ficavam cobertas de neve, seus dedos ficavam rijos e vermelhos por causa do frio, mas ele nunca ia embora de uma encosta do sul sem verificar se havia frutinhas.

Quando o sol começava a descer atrás do arvoredo de bordos, o pai jogava neve no fogo, que se apagava com um chiado e soltando vapor. Depois despejava o xarope quente para dentro dos baldes, e ele e Almanzo voltavam para casa carregando as cangas com os baldes.

Quando chegavam, colocavam o xarope na grande chaleira de cobre que ficava no fogão, e Almanzo ia cuidar dos animais enquanto o pai ia buscar o restante do xarope no bosque.

Depois do jantar, o xarope estava pronto para ser usado como açúcar. Com uma concha, a mãe o distribuía em fervedores de leite e esperava esfriar. Pela manhã, as panelas continham um bloco sólido de açúcar dourado, que a mãe desenformava e guardava nas prateleiras superiores da despensa.

Dia após dia, a seiva continuava escorrendo dos bordos, e todas as manhãs Almanzo ia com o pai para recolhê-la e fervê-la, e todas as noites a mãe fazia o açúcar. Eles faziam todo o açúcar que iriam usar ao longo do ano. O último lote de xarope fervido não era para fazer açúcar; era armazenado em jarros no porão, e assim tinham melaço para o ano todo.

Quando Alice chegava da escola, aproximava-se de Almanzo e exclamava:
– Ah, você andou comendo framboesas!

Ela não achava justo ter que ir para a escola enquanto Almanzo recolhia seiva e frutinhas.
– Só os meninos é que se divertem – queixava-se.

Ela fazia Almanzo prometer que não tocaria nas frutinhas das encostas do sul ao longo do rio Trout, além do pasto das ovelhas.

Assim, aos sábados, eles iam juntos procurar os cachos frutíferos sob a neve. Quando Almanzo encontrava um, ele avisava, e, quando Alice encontrava um, ela dava um gritinho, e às vezes eles dividiam as frutas, às vezes não. Mas iam engatinhando pela encosta, apalpando a neve e comendo frutinhas a tarde inteira.

Almanzo levava para casa um balde cheio das folhas verdes grossas, e Alice as colocava dentro de uma garrafa grande. A mãe enchia a garrafa com uísque e reservava, para depois ser usado como aromatizante no preparo de bolos e biscoitos.

A cada dia a neve derretia um pouco. Pingava em bolhas grossas dos cedros e abetos e dos galhos nus dos carvalhos e faias. Em volta das paredes dos celeiros e da casa, a neve ficava esburacada pela água que caía dos pingentes, até que estes finalmente despencavam e se quebravam.

A terra começava a aparecer, úmida e escura, em meio à brancura da neve, cada vez mais, até que somente os caminhos percorridos permaneciam brancos, com um pouco de neve na face norte das instalações e pilhas de lenha. E então o período escolar de inverno terminava e chegava a primavera.

Certa manhã, o pai foi até Malone. Antes do meio-dia, voltou esbaforido e gritou a boa notícia ainda de dentro do pequeno veículo aberto: os compradores de batatas tinham vindo de Nova York e estavam no vilarejo! Royal apressou-se a atrelar a parelha à carroça, e Alice e Almanzo correram para buscar os cestos no depósito de lenha. Rolaram os cestos escada abaixo até o porão e começaram a enchê-los com batatas, o mais rápido que conseguiram. Já tinham dois cestos cheios quando o pai parou a carroça em frente ao alpendre da cozinha.

Então a corrida começou. O pai e Royal carregavam a carroça com os cestos, e Almanzo e Alice se apressavam a encher mais cestos.

Almanzo tentou encher mais cestos que Alice, mas não conseguiu. Ela trabalhava tão rápido que já estava indo de volta para o cesto grande de batatas enquanto sua saia ainda rodopiava no sentido contrário por causa do giro rápido. Quando ela afastou os cachos para trás, sujou o rosto com as mãos; Almanzo deu risada, e ela riu dele.

– Olhe-se no espelho! Você está mais sujo que eu!

Eles continuaram a encher os cestos. Em nenhum momento o pai e Royal precisaram esperar. Quando a carroça estava cheia, o pai partiu, apressado.

Ele voltou no meio da tarde e, enquanto almoçava tardiamente, Almanzo e Alice carregaram mais uma vez a carroça, e lá foi ele novamente. Naquela noite, Alice ajudou Royal e Almanzo a cuidar dos animais. Na hora do jantar, o pai ainda não havia chegado, nem na hora de dormir. Royal ficou acordado esperando por ele, e já era bem tarde quando Almanzo escutou a carroça chegando. Royal saiu para ajudar o pai a escovar os cavalos cansados, que haviam percorrido mais de trinta quilômetros naquele dia.

Na manhã seguinte cedinho, e na outra, todos eles começaram a carregar a carroça à luz de velas, e o pai saía com o primeiro carregamento antes de o sol nascer. No terceiro dia, o trem partiu para Nova York, levando o vagão lotado de batatas.

– Quinhentos cestos a um dólar cada – o pai disse para a mãe na hora do jantar. – Eu lhe disse, quando as batatas estavam baratas no outono, que o preço aumentaria na primavera.

Aquilo significava quinhentos dólares no banco. Todos estavam orgulhosos do pai, que sabia cuidar da plantação de batatas e também sabia quando colher, armazenar e vender.

– Isso é ótimo – disse a mãe, radiante.

Todos estavam contentes. Mais tarde, porém, a mãe disse:

– Bem, agora que já vendemos as batatas, vamos começar a limpar a casa, amanhã bem cedo.

Almanzo detestava fazer faxina. Ele tinha que tirar todas as tachas em volta dos tapetes, cujos perímetros pareciam somar um quilômetro. Então os tapetes eram pendurados nas cordas de roupa, e ele tinha que bater neles com uma espátula comprida de madeira. Quando era pequeno, ele costumava se enfiar embaixo dos tapetes, brincando de cabaninha. Mas, agora que estava com nove anos, tinha que bater nos tapetes sem parar, até que não saísse mais poeira.

Todos os móveis da casa foram afastados, tudo foi esfregado e polido. Todas as cortinas foram tiradas, os colchões foram levados para fora para arejar, os cobertores e as colchas foram lavados. Desde de manhãzinha até escurecer, Almanzo não parava, andando de um lado para outro, bombeando água, buscando lenha, espalhando palha limpa nos soalhos encerados e depois ajudando a esticar os tapetes no lugar e recolocando todas as tachas novamente.

Ele passava dias no porão, ajudando Royal a esvaziar os cestos de frutas e legumes, separando tudo o que estava estragado e colocando o que estava bom nas cestas menores que a mãe havia limpado, para depois guardar tudo no depósito de lenha. Levavam para fora vasilhas, potes e jarros, até o porão ficar praticamente vazio. A mãe lavava as paredes e o chão. Royal adicionava água nos baldes de calcário, e Almanzo misturava até parar de ferver e se transformar em cal. Então eles caiavam o porão inteiro. Essa parte era divertida.

– Misericórdia! – exclamou a mãe quando eles subiram. – Não sei quem está com mais cal, se o porão ou vocês!

O porão inteiro ficava fresco, limpo e branquinho depois que a cal secava. Então a mãe levava as leiteiras para baixo e arrumava-as nas prateleiras limpas. As cumbucas de manteiga eram limpas com areia e colocadas ao sol para secar, depois Almanzo as arrumava em uma fileira no piso limpo do porão, para a mãe colocar ali a manteiga para o verão.

Lá fora, os lilases e os arbustos floresciam, as violetas e os ranúnculos desabrochavam nos pastos verdejantes, os pássaros construíam seus ninhos, e era chegada a hora de trabalhar nos campos.

Primavera

Agora o desjejum era tomado antes do alvorecer, e o sol começava a surgir além dos prados orvalhados quando Almanzo tirava sua parelha do estábulo.

Ele tinha que subir em um caixote para colocar as pesadas coleiras nos ombros dos cavalos e passar as rédeas sobre suas orelhas, mas sabia como os conduzir. Aprendera quando era pequeno. O pai não o deixava tocar nos potros nem conduzir os cavalos mais novos, cheios de energia, mas, agora que já tinha idade para trabalhar nos campos, ele podia conduzir Bess e Beauty.

Eram éguas inteligentes, mansas e dóceis. Quando eram levadas para o pasto, não relinchavam nem saíam galopando; olhavam ao redor, deitavam-se, rolavam para um lado e para outro e depois comiam a relva. Quando eram amarradas, andavam calmamente uma atrás da outra até o peitoril da porta do estábulo, cheiravam o ar da primavera e esperavam pacientemente que os arreios fossem ajustados. Eram mais velhas que Almanzo, e ele já estava caminhando para dez anos.

Elas sabiam puxar o arado sem pisar na plantação de milho, sabiam fazer a curva no final do campo. Almanzo sentiria mais satisfação em conduzi-las se elas não soubessem tanto.

Ele as atrelou ao arado. No outono, os campos haviam sido lavrados e adubados, agora o solo precisava ser arado.

Bess e Beauty caminharam de boa vontade, não muito rápido, mas na velocidade ideal para arar direito. Elas gostavam de trabalhar na primavera, após passarem o longo inverno dentro de suas baias. Para a frente e para trás elas puxavam o arado pelo campo, com Almanzo atrás, segurando as rédeas. No final de cada fileira, elas viravam, e ele ajustava o arado de tal maneira que os dentes mal tocavam a borda da faixa já arada. Então ele batia com as rédeas nas ancas das éguas, gritava "Eia!", e lá iam elas novamente.

Em toda a região rural, outros meninos faziam o mesmo trabalho, revolvendo a terra úmida sob o sol. Na distância, ao norte, o rio St. Lawrence era uma faixa prateada no horizonte. Os bosques pareciam nuvens verdejantes, os pássaros saltitavam e chilreavam sobre as muretas de pedra, e os esquilos davam cambalhotas. Almanzo ia assobiando atrás de sua parelha.

Depois de arar o campo inteiro em um sentido, ele o arava no sentido contrário. Os dentes afiados do arado penteavam a terra para um lado e para o outro repetidas vezes, alisando-a. O solo precisava ficar liso, macio e solto.

Depois de algum tempo, Almanzo estava com muita fome para assobiar; cada vez com mais fome. Parecia que o meio-dia não chegava nunca. Ele se perguntou quantos quilômetros já teria percorrido. E o sol parecia parado, as sombras não mudavam. Ele sentia uma fome voraz. Por fim o sol pairou no alto do céu, e as sombras desapareceram. Almanzo arou mais uma fileira, e mais outra. E finalmente ouviu o som das cornetas, longe e perto.

Era nítido e jubiloso o som da corneta de metal que a mãe usava para avisar que o almoço estava pronto.

Bess e Beauty empinaram as orelhas e apressaram o passo. Na borda do campo perto da casa, elas pararam. Almanzo desatrelou o arado e, deixando-o no campo, montou em Beauty.

Cavalgou até a bomba de água e deixou as éguas beberem. Depois levou-as para as baias, tirou as rédeas e ofereceu-lhes grãos de milho. Um bom cavalariço sempre cuidava de seus cavalos primeiro, antes de ele próprio comer ou descansar. Mas Almanzo fez tudo bem depressa.

Como estava bom o almoço! E como ele comeu! O pai encheu seu prato repetidas vezes, e a mãe sorriu e deu a ele duas fatias de torta.

Almanzo se sentia melhor quando retornou ao trabalho, mas a tarde pareceu muito mais comprida do que a manhã. Estava cansado quando voltou para o estábulo na hora do crepúsculo, para cuidar dos animais. À mesa do jantar, estava sonolento e, assim que terminou de comer, subiu para se deitar. Era tão bom esticar-se na cama macia. Adormeceu antes de puxar as cobertas.

Parecia ter-se passado um minuto quando a chama de uma vela tremulou na escada e a mãe o chamou. Mais um dia estava amanhecendo.

Não havia tempo a perder, fosse com descanso ou com brincadeira. A vida na terra começava rapidamente nos dias de primavera. Todas as sementes, de ervas daninhas e cardos, brotos de trepadeiras, arbustos e árvores, começavam a se espalhar e tomar conta dos campos. Os fazendeiros precisavam arar a terra, arrancar o que não prestava e cultivar as sementes boas.

Almanzo era um pequeno soldado nessa grande batalha. Da aurora ao crepúsculo ele trabalhava, do anoitecer ao amanhecer ele dormia, e então tornava a se levantar para trabalhar outra vez.

Ele arou a plantação de batatas até o solo ficar liso e fofo e cada erva daninha ser arrancada. Depois ajudou Royal a pegar batatas com sementes do cesto no porão e cortá-las em pedaços, deixando dois ou três olhos em cada pedaço.

A planta da batata tem flores e sementes, mas ninguém sabe que espécie de batata irá nascer de uma semente. Todas as batatas de uma determinada espécie nasceram de uma batata. A batata não é uma semente; é parte da raiz de um pé de batata. Ao cortá-la e plantá-la, outras iguais a ela nascerão.

Cada batata tem pequenos nós que parecem olhos. Desses olhos brotam as raízes para dentro do solo, e pequenas folhas abrem caminho para fora da terra, em direção ao sol. Enquanto são pequenas, elas comem o pedaço de batata, antes de terem força suficiente para extrair seu alimento da terra e do ar.

O pai estava marcando o campo. O marcador era um tronco cravado com uma fileira de pinos de madeira, com um espaço de cerca de um metro entre cada um. Um cavalo puxava o tronco atravessado atrás dele, e os pinos abriam pequenos sulcos. O pai marcava o campo no sentido do comprimento e da largura, de modo que os sulcos formavam pequenos quadrados. Então começava a semeadura.

O pai e Royal pegaram suas enxadas, e Alice e Almanzo carregavam baldes cheios de pedaços de batata. Almanzo ia na frente de Royal, e Alice ia na frente do pai, ao longo das fileiras da plantação.

No canto de cada canteiro, onde os sulcos se cruzavam, Almanzo colocava um pedaço de batata. Ele precisava colocá-lo exatamente no canto, de modo que os quadrados ficassem bem definidos e pudessem ser arados. Royal cobria com terra e calcava com a enxada. Atrás de Alice, o pai fazia o mesmo com os pedaços de batata que ela colocava.

Plantar batatas era divertido. Um cheiro gostoso subia da terra fresca e dos campos de trevos. Alice era bonitinha e brejeira, com a brisa soprando em seus cachinhos e balançando sua saia. O pai estava feliz, e todos conversavam enquanto trabalhavam.

Almanzo e Alice tentavam colocar as batatas depressa, para que tivessem tempo, ao final de cada fileira, de procurar ninhos de pássaros ou perseguir algum lagarto na mureta de pedra. Mas o pai e Royal não ficavam para trás.

– Vamos, filho, vamos! – dizia ele.

E assim eles avançavam, e, quando já estavam bem lá na frente, Almanzo arrancava um talo de grama e fazia-o assobiar entre os polegares. Alice tentava, mas não conseguia. Só conseguia assobiar com a boca. Royal a provocava:

– Garotas que assobiam e galinhas que cantam sempre se dão mal...

E lá iam eles, para um lado e para outro do campo, a manhã inteira, a tarde inteira, por três dias. E assim as batatas estavam plantadas.

Depois o pai plantava os grãos. Semeava um campo de trigo para fazer pão branco, um de centeio para pão de centeio e um de aveia e ervilha para alimentar os cavalos e as vacas no inverno seguinte.

Enquanto o pai semeava os grãos, Almanzo o seguia pelos campos com Bess e Beauty, revolvendo a terra para enterrar as sementes. Almanzo ainda não sabia plantar grãos; precisava praticar por um bom tempo até aprender a distribuir as sementes de maneira uniforme. Isso era difícil.

O pesado saco de grãos de cereais estava pendurado em uma correia no ombro esquerdo do pai. Conforme ia andando na plantação, ele pegava punhados de grãos e, com um gesto amplo do braço e um movimento do pulso, ia jogando os grãos na terra. Os movimentos do braço acompanhavam o ritmo de seus passos, e, quando ele terminava de semear um campo, cada palmo do terreno estava coberto de sementes na proporção correta, nem de mais nem de menos.

As sementes eram miúdas demais para serem vistas no solo, e só era possível avaliar a habilidade de um lavrador quando a plantação começava a crescer. O pai contou a Almanzo sobre um garoto preguiçoso e inútil que foi incumbido de semear um campo. Esse garoto não queria trabalhar, então despejou o saco de sementes e foi nadar. Ninguém o viu. Depois de nadar, ele arou o campo, e ninguém sabia o que ele tinha feito. Mas as sementes sabiam, e a terra sabia, e, quando o garoto já tinha se esquecido do episódio, elas contaram. As ervas daninhas tomaram conta daquela plantação.

Depois que todos os grãos foram semeados, Almanzo e Alice plantaram as cenouras. Levavam sacos cheios de pequenas sementes vermelhas pendurados nos ombros, a exemplo do pai. O pai tinha marcado o campo para a plantação de cenouras no sentido do comprimento, com um marcador cujos dentes tinham entre si um espaço de apenas quarenta e cinco centímetros. Almanzo e Alice percorreram toda a extensão do campo, indo e voltando, por cima dos sulcos, pisando fora das bordas com um pé de cada lado.

Agora o tempo estava tão bom que eles podiam andar descalços. A sensação de pisar na terra macia com os pés descalços era boa. Eles jogavam as sementes dentro dos sulcos e, com os pés, empurravam e pressionavam a terra sobre as sementes.

Almanzo podia ver seus pés, mas obviamente os de Alice estavam escondidos embaixo de suas saias. A armação de arame levantava para um lado e para outro, e ela tinha de empurrá-la para trás e inclinar-se para jogar as sementes dentro do sulco. Almanzo perguntou se ela não queria ser menino.

Ela disse que sim, queria. Em seguida, disse que não queria.

– Os meninos não são bonitos como as meninas e não podem usar fitas.

– Eu não ligo se sou ou não bonito – retrucou Almanzo. – E, de qualquer modo, eu não usaria fitas mesmo.

– Bem, eu gosto de fazer manteiga e colchas de retalhos. E de cozinhar, costurar e fiar. Os meninos não fazem nada disso. Mas, mesmo sendo menina, eu posso plantar batatas e cenouras e conduzir os cavalos tão bem como você.

– Você não consegue assobiar em um talo de grama – Almanzo rebateu.

No final da fileira, ele olhou para as folhas novas de um freixo e perguntou a Alice se ela sabia quando semear milho. Ela não sabia, então ele disse que a hora de semear milho era quando as folhas dos freixos ficam do tamanho das orelhas de um esquilo.

– Um esquilo de que tamanho? – perguntou Alice.

– Tamanho normal.

– Bem, as folhas estão do tamanho das orelhas de um esquilo bebê. E não é tempo de plantar milho.

Por um momento, Almanzo não sabia o que dizer, até que respondeu:

– Um esquilo bebê não é um esquilo. É um filhote.

– Mas é um esquilo assim mesmo...

– Não é, não. Gatinhos pequenos são filhotes, raposas pequenas são filhotes, e esquilos pequenos são filhotes. Um filhote não é um gato, e não é um esquilo.

– Ah – murmurou Alice.

Quando as folhas dos freixos cresceram mais, Almanzo ajudou a plantar milho. O campo havia sido marcado com um marcador de batatas, e o pai, Royal e Almanzo plantaram o milho juntos.

Eles levavam sacos de sementes amarrados à cintura como aventais, e também levavam enxadas. No canto de cada quadrado, onde os sulcos se cruzavam, eles revolviam o solo com a enxada, fazendo uma cavidade rasa, jogavam dois grãos de milho dentro, depois cobriam com terra e calcavam.

O pai e Royal trabalhavam depressa. As mãos de ambos e as enxadas executavam exatamente os mesmos movimentos, toda vez: três golpes rápidos, depois um movimento com a enxada, depois a mão em concha sobre a terra, e ali estava o montinho de terra com o milho plantado. Então eles davam um rápido passo para a frente e repetiam a operação.

Almanzo, porém, nunca tinha plantado milho antes. Não sabia manusear a enxada direito. Tinha que dar dois passos enquanto Royal e o pai davam apenas um, porque suas pernas eram mais curtas. O pai e Royal estavam à frente dele o tempo todo; ele não conseguia acompanhar. Cada um deles concluía uma fileira de cada vez, de tal maneira que podiam começar outra ao mesmo tempo. Mas Almanzo sabia que plantaria milho com a mesma ligeireza que qualquer outro lavrador, quando suas pernas fosse mais compridas.

O funileiro

Certa noite, depois do pôr do sol, Almanzo avistou um cavalo branco puxando uma grande carroça vermelha na estrada e gritou:

– O funileiro está vindo! O funileiro está vindo!

Alice correu para fora do galinheiro com o bolso de seu avental cheio de ovos. A mãe e Eliza Jane apareceram na porta da cozinha. Royal esticou o pescoço para espiar de onde estava, na casa da bomba de água. E os potros colocaram a cabeça para fora das baias e relincharam para o grande cavalo branco.

Nick Brown, o funileiro, era um homem robusto e alegre que contava histórias e cantava cantigas. Na primavera, ele percorria todas as estradas da região, trazendo notícias de longe e de perto.

Sua carroça parecia uma casinha, oscilando sobre sólidas tiras de couro fixadas entre quatro rodas altas. Tinha uma porta de cada lado e, na parte de trás, uma plataforma inclinada presa por tiras no teto da carroça. Havia uma charmosa grade em volta de toda a carroça, e as rodas eram pintadas de vermelho e decoradas com desenhos amarelos. E lá na frente ia Nick Brown, em um assento vermelho atrás do cavalo branco que puxava a carroça.

Almanzo, Alice, Royal e até Eliza Jane estavam esperando quando a carroça parou diante da porta da cozinha, onde a mãe também aguardava, sorridente, na soleira.

– Como vai, senhor Brown? – ela cumprimentou. – Cuide do seu cavalo e entre; o jantar está quase pronto!

O pai gritou do celeiro:

– Entre no abrigo do coche, Nick, tem bastante espaço!

Almanzo desatrelou o cavalo e levou-o para beber água, depois colocou--o em uma baia e ofereceu a ele uma porção dupla de aveia e bastante feno. O senhor Brown o escovou e depois o esfregou com uma toalha limpa. Era um bom cavalariço. Depois deu uma olhada nos animais e disse sua opinião. Admirou Star e Bright e elogiou os potros.

– O senhor deverá conseguir um bom preço por eles – ele disse para o pai de Almanzo. – Em Saranac, há uma grande procura dos compradores de Nova York por esses cavalos jovens. Um deles pagou quatrocentos dólares por uma parelha, em nada superior aos seus.

Almanzo não tinha permissão para falar quando os adultos conversavam, mas podia escutar. Não perdeu nada do que o senhor Brown disse e sabia que a melhor parte seria depois do jantar.

Nick Brown sabia contar histórias engraçadas e cantar mais cantigas do que qualquer outra pessoa. Ele próprio afirmava isso, e era verdade.

– Sim, senhor – dizia ele –, eu garanto isso, não só com relação a qualquer outro homem, mas a qualquer grupo de homens. Podem trazer quantos vocês quiserem, contarei história atrás de história, e cantarei cantiga atrás de cantiga, e eles podem contar e cantar o que quiserem, porque, quando tiverem terminado, eu contarei a última história e cantarei a última canção.

O pai de Almanzo sabia que era verdade. Já tinha visto Nick Brown fazer isso no armazém do senhor Case em Malone.

Então, depois do jantar, todos se sentaram em volta do aquecedor, e o senhor Brown começou. Passava de nove horas quando foram se deitar, e a barriga de Almanzo doía de tanto ele rir.

Na manhã seguinte, depois do desjejum, o senhor Brown atrelou o cavalo branco à carroça, conduziu-o até o alpendre da cozinha e abriu as portas vermelhas.

Dentro da carroça estava tudo o que alguém pudesse imaginar que fosse feito de metal. Nas prateleiras laterais, havia vasilhas brilhantes, panelas, bacias, formas de bolo, assadeiras, travessas. Do alto pendiam canecas, conchas, peneiras, coadores, raladores. Havia cornetas de metal, apitos, pratinhos e panelinhas de brinquedo e toda espécie de miniaturas de animaizinhos feitos de metal e pintados em cores vivas.

O senhor Brown havia feito tudo aquilo sozinho, ao longo do inverno, e todas as peças eram de metal de boa qualidade, muito bem feitas e bem soldadas.

A mãe de Almanzo trouxe do sótão grandes sacos com retalhos e pedaços de tecido que havia guardado durante o ano e esvaziou-os no chão do alpendre. O senhor Brown examinou os tecidos de lã e linho de boa qualidade, enquanto a mãe olhava para as peças brilhantes de metal, e os dois começaram a negociar.

Por um longo tempo, eles conversaram e regatearam. Havia peças reluzentes e pedaços de tecido espalhados por todo o alpendre. Para cada pilha de retalhos que Nick Brown escolhia, a mãe de Almanzo pedia mais peças do que ele estava disposto a negociar. Ambos estavam se divertindo, rindo, brincando e negociando. Por fim, o senhor Brown disse:

– Bem, senhora, eu lhe dou os fervedores e os recipientes de leite, a peneira e a escumadeira e três assadeiras, mas não a travessa funda. É minha última oferta.

– Está ótimo, senhor Brown – disse a mãe, inesperadamente. Tinha conseguido exatamente o que queria.

Almanzo sabia que ela não precisava da travessa; havia-a separado somente para negociar. O senhor Brown tinha acabado de perceber isso e parecia surpreso, olhando para ela com ar de respeito. A mãe de Almanzo era uma negociadora hábil e astuta. Tinha se saído melhor que o senhor Brown, mas ele também estava satisfeito, porque havia conseguido ótimos pedaços de pano em troca de suas peças de metal.

Ele juntou os retalhos, amarrou-os em uma trouxa e colocou-os na carroça. Depois esfregou as mãos e olhou em volta, sorrindo.

– Bem, agora – disse ele –, o que será que estes jovens gostariam de ganhar?

Ele deu a Eliza Jane seis formas em formato de diamante para fazer bolinhos e deu a Alice outras seis em formato de coração. Para Almanzo ele deu uma corneta pintada de vermelho. Todos eles agradeceram.

Então o senhor Brown subiu no assento e pegou as rédeas. O grande cavalo branco começou a andar com vigor, bem alimentado, escovado e descansado que estava. A carroça vermelha passou pela casa e virou para a estrada, e o senhor Brown começou a assobiar.

A mãe de Almanzo tinha utensílios para um ano, Almanzo tinha sua corneta estridente, e Nick Brown se afastava assobiando por entre o arvoredo e os campos verdejantes. Até que ele voltasse na primavera seguinte, eles se lembrariam de suas histórias, dariam risada de suas brincadeiras, e, quando andasse atrás dos cavalos nas plantações, Almanzo assobiaria as melodias que ele havia cantado.

O cachorro desconhecido

Nick Brown havia dito que os compradores de cavalos de Nova York estavam nas redondezas, então, todas as noites, o pai dava um tratamento especial e cuidadoso aos potros de quatro anos de idade. Eles já estavam perfeitamente adestrados, e Almanzo queria tanto ajudar a cuidar deles que o pai permitiu. Mas ele só tinha permissão para entrar nas baias quando o pai estava lá.

Com cuidado, Almanzo escovava dos dois lados os pelos marrons brilhantes, as ancas arredondadas e lisas e as pernas delgadas. Em seguida, ele os esfregava com panos limpos. Penteava e trançava as crinas e as longas caudas pretas. Com um pequeno pincel, untava os cascos curvos até que brilhassem, negros como o fogão polido da mãe.

Ele tinha o cuidado de nunca se mover muito rápido para não assustar os cavalos. Conversava com eles enquanto trabalhava, em um tom de voz baixo e suave. Os potros mordiscavam a manga de sua camisa e procuravam em seus bolsos as maçãs que ele trazia. Arqueavam o pescoço quando ele esfregava seus focinhos aveludados, e seus olhos mansos brilhavam.

O PEQUENO FAZENDEIRO

Almanzo achava que não havia nada, no mundo inteiro, tão bonito, tão fascinante, como belos cavalos. Quando se lembrou de que alguns anos se passariam antes que pudesse ter um potrinho para cuidar e ensinar, ele mal pôde suportar.

Uma noite, o comprador de cavalos entrou cavalgando no pátio em frente ao estábulo. Era um comprador de cavalos que nunca viera antes; o pai nunca o tinha visto. Estava vestido com roupas da cidade, de tecido feito a máquina, usava botas de cano alto brilhantes e tinha nas mãos um pequeno chicote vermelho. Tinha olhos pretos e muito próximos do nariz fino; a barba preta era aparada em bico, e as pontas do bigode eram torcidas e enceradas.

Ele parecia muito esquisito, ali de pé no celeiro e torcendo com ar pensativo uma das pontas do bigode até ficar ainda mais fina.

O pai trouxe os potros. Eram da raça Morgan, perfeitamente iguais, exatamente do mesmo tamanho, tinham o mesmo pelo marrom brilhante, com a mesma estrela branca na testa. Eles arquearam o pescoço e levantaram delicadamente os pequenos cascos.

– Completam quatro anos em maio, são saudáveis e têm um ótimo fôlego, nenhum defeito – disse o pai. – Adestrados para andar sozinhos ou em grupo. São animados, cheios de energia e mansos como gatinhos. Uma senhora pode conduzi-los.

Almanzo ouviu. Ele estava agitado, mas ouviu cuidadosamente tudo o que o pai e o comprador de cavalo disseram. Um dia seria ele quem estaria negociando cavalos.

O comprador apalpou as pernas dos potros, abriu-lhes a boca e examinou seus dentes. O pai não tinha nada a temer sobre isso; havia dito a verdade sobre a idade dos potros. Em seguida, o comprador recuou e observou enquanto o pai amarrava cada potro em uma longa corda e os fazia andar, trotar e galopar em círculos.

– Veja só esse porte – disse o pai.

As crinas e as caudas negras brilhantes ondulavam no ar. O brilho dos pelos marrons fluía sobre os corpos lisos, e as patas delicadas pareciam mal tocar o solo. Eles galopavam e galopavam, como que ao som de uma melodia.

O comprador observava atento. Tentou encontrar um defeito, mas não conseguiu. Os potros pararam, e o pai esperou. Por fim, o comprador ofereceu cento e setenta e cinco dólares por cada um.

O pai disse que não podia aceitar menos de duzentos e vinte e cinco. Almanzo sabia que ele dissera isso porque queria duzentos dólares. Nick Brown havia dito a ele que os compradores de cavalos estavam pagando esse valor.

Então o pai atrelou os dois potros à charrete. Ele e o comprador subiram e partiram pela estrada. Os potros iam de cabeça bem erguida, as narinas, dilatadas; as crinas e as caudas esvoaçavam com o vento de sua própria velocidade, e suas pernas velozes moviam-se em harmonia, como se eles fossem um só. A charrete sumiu de vista em um minuto.

Almanzo sabia que devia continuar com as tarefas. Foi para o celeiro e pegou o forcado, mas em seguida o largou e saiu para esperar o retorno dos potros.

Quando voltaram, o pai e o comprador não haviam chegado a um acordo quanto ao preço. O pai cofiou a barba, e o comprador retorceu o bigode. O comprador falou sobre a despesa de levar os potros para Nova York e sobre os preços baixos lá. Precisava pensar em seu lucro. O máximo que ele poderia oferecer eram cento e setenta e cinco dólares.

– Vamos ficar no meio-termo – sugeriu o pai. – Duzentos dólares, esse é meu último preço.

O comprador pensou um pouco e respondeu:

– Não vejo possibilidade de pagar isso.

– Tudo bem – disse o pai. – Sem ressentimentos, ficaremos felizes em recebê-lo para jantar.

Ele começou a desatrelar os potros. O comprador disse:

– Na Saranac, estão vendendo cavalos melhores que estes por cento e setenta e cinco dólares.

O pai não respondeu. Desatrelou os potros e os conduziu em direção às baias. Então o comprador disse:

– Tudo bem, 200 então. Vou perder dinheiro com isso, mas aqui está. – Ele tirou uma carteira gorda do bolso e deu ao pai duzentos dólares para fechar o negócio. – Leve-os amanhã para a cidade e pegue o restante.

O PEQUENO FAZENDEIRO

Os potros foram vendidos ao preço do pai.

O comprador não quis ficar para jantar. Ele foi embora, e o pai levou o dinheiro para a mãe na cozinha. A mãe ficou surpresa.

– Quer dizer que teremos que ficar com todo esse dinheiro em casa durante a noite? – perguntou.

– Está tarde demais para levar ao banco – disse o pai. – Mas estamos seguros, ninguém além de nós sabe que o dinheiro está aqui.

– Pois eu declaro que não vou pregar o olho nesta noite!

– O Senhor vai cuidar de nós – disse o pai.

– O Senhor ajuda os que se ajudam – respondeu a mãe. – Eu queria que o dinheiro estivesse seguro no banco.

Já tinha passado da hora de cuidar dos animais, e Almanzo teve de correr para o celeiro com os latões de leite. Se as vacas não eram ordenhadas exatamente no mesmo horário, de manhã e à noite, elas não davam tanto leite. E depois havia manjedouras e baias para limpar e todo o estoque para repor. Eram quase oito horas quando tudo ficou pronto, e a mãe estava mantendo o jantar aquecido.

A hora do jantar não foi tão alegre como de costume. Havia um sentimento desagradável e pesado sobre aquele dinheiro. A mãe o escondera primeiro na despensa, depois no armário de roupas. Depois do jantar, ela começou a preparar a massa para a fornada do dia seguinte e se preocupou novamente com o dinheiro. Suas mãos eram rápidas, a massa de pão fazia bolhas que estouravam sob a colher, enquanto ela dizia:

– Acho que ninguém pensaria em olhar entre os lençóis no armário, mas... o que é isso?!

Todos se levantaram assustados e prenderam a respiração, em silêncio.

– Alguém está rondando a casa!

A mãe respirou ruidosamente.

Olhando pelas janelas, só se via escuridão.

– Ora, não é nada – disse o pai.

– Eu ouvi um barulho!

– Pois eu não ouvi – disse o pai.

– Royal – disse a mãe –, vá olhar.

Royal abriu a porta da cozinha e espiou no escuro. Depois de um minuto, disse:

– É só um cachorro perdido.

– Mande-o embora! – disse a mãe.

Royal saiu e o afastou para longe.

Almanzo gostaria de ter um cachorro. Mas cachorros filhotes cavavam o jardim, caçavam galinhas e comiam ovos, e um cachorro maior podia matar as ovelhas. A mãe sempre dizia que havia animais suficientes ali, não precisavam de um cachorro.

Ela largou a massa de pão. Almanzo foi lavar os pés. Tinha de lavar os pés todas as noites, quando andava descalço. Ele os estava lavando quando todos ouviram um som furtivo na varanda dos fundos.

A mãe arregalou os olhos.

– É só o cachorro – disse Royal.

Ele abriu a porta. No início não viram nada, e os olhos da mãe se arregalaram ainda mais. Então eles viram um cachorro grande e magro se encolhendo nas sombras. Suas costelas apareciam sob o pelo.

– Ai, mãe, coitado do cachorro! – gritou Alice. – Por favor, mãe, não posso dar algo para ele comer?

– Claro que sim, minha filha! – disse a mãe. – Você pode levá-lo embora pela manhã, Royal.

Alice preparou uma panela com comida para o cachorro. Ele não ousou aproximar-se enquanto a porta estava aberta, mas, quando Almanzo fechou a porta, ouviram-no mastigar. A mãe tentou abrir a porta duas vezes para se certificar de que estava trancada. A escuridão tomou conta da cozinha quando eles saíram levando as velas. A mãe trancou as duas portas da sala de jantar e foi para a sala de estar verificar a porta, embora estivesse sempre trancada.

Almanzo ficou um longo tempo deitado na cama, atento a algum som e olhando para a escuridão. Até que finalmente adormeceu e não soube o que aconteceu durante a noite, até que a mãe lhe contou na manhã seguinte.

Ela colocara o dinheiro embaixo das meias do pai, na gaveta da cômoda. Mas, depois que ela foi se deitar, levantou-se novamente e o colocou sob o travesseiro. Achou que ficaria acordada, mas devia ter pegado no sono, porque durante a noite algo a acordou. Ela se sentou ereta na cama. O pai continuava dormindo.

A lua estava brilhando, e ela podia ver o arbusto de lilases no quintal. Tudo estava quieto. O relógio bateu onze horas. Então ela ouviu um rosnado baixo e selvagem; seu sangue gelou.

Ela saiu da cama e foi até a janela. O cachorro estava embaixo da janela, eriçando-se e mostrando os dentes. Agia como se houvesse alguém no bosque.

A mãe ficou escutando e espreitando. Estava escuro sob as árvores, e ela não conseguia ver nada. Mas o cachorro rosnou outra vez para a escuridão.

A mãe ficou olhando. Ouviu o relógio bater meia-noite e, depois de muito tempo, bater uma hora. O cachorro caminhou para cima e para baixo perto da cerca de estacas, rosnando. Por fim se deitou, mas manteve a cabeça erguida e as orelhas em pé, atento. A mãe voltou para a cama. Ao amanhecer, o cachorro havia ido embora. Eles o procuraram, mas não o encontraram em parte alguma. Entretanto, suas pegadas estavam no quintal, e, do outro lado da cerca, no bosque, o pai viu pegadas de botas de dois homens.

Ele atrelou os cavalos rapidamente, antes do desjejum, amarrou os potros atrás da charrete e foi até Malone. Depositou os duzentos dólares no banco, entregou os potros ao comprador de cavalos, recebeu os outros duzentos dólares e os depositou no banco também.

Quando voltou para casa, disse à mãe de Almanzo:

– Você estava certa. Quase fomos roubados ontem à noite.

Um fazendeiro perto de Malone vendera seus cavalos na semana anterior e guardara o dinheiro em casa. Naquela noite, ladrões invadiram sua casa enquanto ele dormia. Amarraram sua esposa e filhos e o espancaram quase até a morte para fazê-lo contar onde o dinheiro estava escondido. Pegaram o dinheiro e fugiram. O xerife estava procurando por eles.

– Eu não ficaria surpreso se aquele comprador de cavalos estivesse metido nisso – disse o pai. – Quem mais sabia que tínhamos dinheiro em casa? Mas não tive como provar. Fiz uma investigação, e ele estava no hotel em Malone ontem à noite.

A mãe disse que sempre acreditaria que Deus havia enviado aquele cachorro desconhecido para cuidar deles.

Almanzo pensou que talvez ele tivesse ficado porque Alice o alimentara.

– Talvez ele tenha sido enviado para testar a gente – disse a mãe. – Talvez o Senhor tenha sido misericordioso conosco porque nós fomos misericordiosos com ele.

Eles nunca mais viram o cachorro. Talvez fosse um pobre cachorro perdido e a comida que Alice lhe dera o tivesse fortalecido o suficiente para encontrar o caminho de volta para casa.

Tosquia das ovelhas

Os pastos e as pradarias pareciam tapetes verdes aveludados, e o tempo estava quente. Era época de tosquiar as ovelhas.

Em uma manhã ensolarada, Pierre e Louis foram junto com Almanzo para o pasto e levaram o rebanho para o cercado de lavagem. O cercado se estendia do pasto relvado até as águas profundas e cristalinas do rio Trout. Havia duas porteiras que se abriam para o pasto e, entre elas, uma cerca que ia até a beira da água.

Pierre e Louis cuidavam para que os animais não fugissem, enquanto Almanzo empurrava uma ovelha bem peluda através de uma das porteiras. No cercado, o pai e John Preguiçoso a seguraram. Almanzo empurrou outra, e Royal e Joe Francês a pegaram. As outras ovelhas olhavam a cena e baliam, enquanto as duas ovelhas se debatiam e berravam. Mas os homens esfregaram a lã delas com um sabão marrom macio e as puxaram para a água.

Dentro do rio, as ovelhas tinham que nadar. Os homens entraram na água até a altura da cintura e esfregaram bem as ovelhas. Toda a sujeira se desprendeu da lã e flutuou rio abaixo, junto com a espuma do sabão.

Quando as outras ovelhas viram aquilo, gritaram "Méééééé, mééééééé!" e tentaram fugir. Mas Almanzo, Pierre e Louis saíram correndo e gritando em volta do rebanho e conseguiram levar os animais de volta para a porteira. Depois que uma ovelha era lavada, os homens a faziam nadar até o final do cercado e depois a empurravam para o barranco na margem, do lado de fora. As ovelhinhas saíam de lá balindo e pingando água, mas em questão de minutos secavam ao sol e ficavam branquinhas e fofinhas.

Assim que os homens liberavam uma ovelha, Almanzo empurrava outra para dentro do cercado, e eles a pegavam, ensaboavam e colocavam dentro do rio.

Lavar ovelhas era divertido para todo mundo, menos para as ovelhas. Os homens chapinhavam na água, gritavam e davam risada, e os garotos corriam e gritavam no pasto. O sol estava quente, a relva estava fresca sob seus pés descalços, e os risos ecoavam no agradável silêncio dos campos e das pradarias.

Uma das ovelhas deu uma trombada com John, que caiu para trás dentro do rio, com a água sobre a cabeça.

– Se você estivesse ensaboado, estaria pronto para ser tosquiado, John! – brincou Joe.

Quando escureceu, todas as ovelhas estavam lavadas. Limpinhas, branquinhas e felpudas, elas se espalharam pela encosta da colina, mordiscando a relva, e a distância o pasto parecia uma grande árvore carregada de flores brancas.

Na manhã seguinte, John chegou antes do desjejum, e o pai apressou Almanzo para terminar de comer e sair da mesa. Ele pegou uma fatia de torta de maçã e foi para o pasto, aspirando o cheiro dos trevos e saboreando a torta crocante. Lambeu os dedos e depois reuniu as ovelhas, conduzindo-as pela relva orvalhada até o estábulo sul.

O pai tinha limpado o estábulo e construído uma plataforma na extremidade. Ele e John Preguiçoso pegaram uma ovelha cada um e as colocaram na plataforma; em seguida, começaram a cortar a lã com tesouras de hastes longas. A espessa camada de lã saiu inteira, em uma única peça que parecia um tapete branco de lã, e as ovelhas ficaram com a pele rosada exposta.

Com um último golpe da tesoura, a lã caiu na plataforma, e as ovelhas pularam para fora, gritando "Méééééé!". No momento seguinte, o pai de Almanzo e John já estavam tosquiando outras duas.

Royal enrolava os pedaços de lã e os amarrava com barbante, e Almanzo levava os rolos para cima e os colocava no mezanino. Ele corria para cima e para baixo o mais rápido que podia, mas, toda vez que chegava embaixo, já havia pelo menos outro rolo pronto à sua espera. O pai e John Preguiçoso eram bons tosquiadores.

As longas tesouras se enterravam na lã espessa, cortando-a sem machucar a pele dos animais. Não era uma tarefa fácil, porque o rebanho do pai de Almanzo era de ovelhas Merinos *premium*. A lã dos Merinos era da melhor qualidade, mas a pele das ovelhas era enrugada, e era difícil cortar toda aquela lã sem ferir os bichinhos.

Almanzo trabalhava depressa, correndo para cima com os rolos de lã. Eram pesados, e ele só conseguia levar um de cada vez. Não queria interromper a tarefa, mas, quando viu a gata malhada correndo atrás de um rato, sabia que era para levar para os filhotes recém-nascidos.

Ele correu atrás da gata e, bem no alto, sob o beiral do Grande Celeiro, encontrou o pequeno ninho no feno, com quatro gatinhos. A gata malhada aninhou-se ao lado deles, ronronando alto e estreitando os olhos para Almanzo, quase os fechando. Os gatinhos soltavam miados agudos com suas boquinhas rosadas e esticavam as patinhas com pequenas unhas brancas afiadas, ainda sem conseguir abrir os olhos.

Quando Almanzo voltou para o estábulo, havia seis rolos de lã prontos à sua espera, e o pai falou com ele em tom de voz severo.

– Filho – disse ele –, fique atento para acompanhar o nosso ritmo.

– Sim, papai – Almanzo respondeu, apressando-se.

Mas ouviu John Preguiçoso dizer:

– Ele não dá conta. Vamos terminar muito antes dele.

O pai riu e falou:

– Tem razão, John. Ele não consegue nos acompanhar.

Nesse momento, Almanzo decidiu que iria provar a eles que era capaz. Se se apressasse, conseguiria acompanhar o ritmo do trabalho.

Antes do meio-dia, ele já estava passo a passo com Royal e até teve de esperar enquanto o irmão amarrava um rolo de lã.

– Estão vendo como consigo acompanhar vocês? – disse.

– Ah, não consegue, não – retrucou John. – Nós somos mais rápidos. Vamos terminar bem antes de você. Espere para ver.

Todos eles deram risada de Almanzo. Estavam rindo quando ouviram a corneta anunciando o almoço. O pai e John terminaram de tosquiar as ovelhas que haviam começado e foram para casa. Royal amarrou o último rolo de lã e Almanzo o levou para cima. Agora compreendia o que eles queriam dizer, mas pensou: "Não deixarei que me vençam".

Ele encontrou uma corda curta e colocou-a em volta do pescoço de uma ovelha que ainda não tinha sido tosquiada. Levou-a até a escada e, degrau por degrau, empurrou-a para cima. Ela foi balindo o tempo inteiro, mas ele conseguiu chegar com ela ao mezanino. Amarrou-a perto dos rolos de lã e deu a ela um pouco de feno para que se aquietasse. Em seguida, foi almoçar.

Ao longo da tarde, John Preguiçoso e Royal continuavam dizendo a Almanzo para se apressar, caso contrário acabariam antes dele.

– Nada disso, não vão, não – Almanzo respondeu. – Eu consigo acompanhar vocês.

Mais uma vez eles deram risada.

Almanzo pegava cada rolo que Royal terminava de amarrar e corria escada acima, depois descia novamente. Os outros riam ao vê-lo apressar-se e continuavam provocando:

– Ah, qual o quê, você não consegue nos superar! Vamos terminar muito antes!

Logo antes da hora de cuidar dos animais, o pai e John começaram a tosquiar as duas últimas ovelhas. O pai terminou primeiro, e Almanzo correu para cima levando o rolo de lã. Voltou antes de o último rolo estar pronto. Royal o amarrou e disse:

– Terminamos! Ganhamos de você, Almanzo!

Royal e John explodiram em uma gargalhada, e até o pai deu risada. Então Almanzo falou:

– Não ganharam, não. Tenho um rolo de lã lá em cima que vocês ainda não tosquiaram.

Eles pararam de rir, surpresos. Nesse instante, a ovelha que estava lá em cima, ouvindo as outras saindo para o pasto, baliu: "Mééééé!".

Almanzo exclamou:

– Lá está, ouviram? Levei-o para cima e vocês ainda não o tosquiaram! Eu ganhei, eu ganhei!

John e Royal fizeram uma expressão tão abobalhada que Almanzo não conseguia parar de rir. O pai deu uma sonora gargalhada.

– Está vendo, John? – disse o pai. – Ri melhor quem ri por último!

Onda de frio

    Aquela primavera estava fria. O amanhecer era gelado, e ao meio-dia o sol era fraco. As folhas das árvores cresciam lentamente; as ervilhas, os feijões, as cenouras e o milho aguardavam o calor e não se desenvolviam. Quando a demanda do trabalho da primavera acabou, Almanzo teve que ir para a escola novamente. Apenas crianças pequenas iam para a escola na primavera, e ele gostaria de ter idade suficiente para ficar em casa. Não queria se sentar e estudar um livro quando havia tantas coisas interessantes para fazer.

    O pai levou as lãs para a cardadora em Malone e trouxe para casa os longos e macios rolos de lã, penteados e finos. A mãe não cardava mais a própria lã, pois havia uma máquina que fazia isso na cidade. Mas ela tingia.

    Alice e Eliza Jane juntavam raízes e cascas de árvores na floresta, e Royal acendia grandes fogueiras no quintal. Ferviam as raízes e as cascas em grandes caldeirões sobre as fogueiras, mergulhavam os rolos de fios de lã nos caldeirões e usavam gravetos para erguer os rolos coloridos da água. Tinha nas cores marrom, vermelho e azul. Quando Almanzo voltava da escola, os varais estavam cheios de novelos coloridos.

    A mãe também fazia sabonete líquido. Todas as cinzas do inverno eram guardadas em um barril; depois ela derramou água sobre as cinzas e pingou algumas gotas de soda cáustica no fundo do barril. A mãe passou a mistura para o caldeirão e acrescentou toda a gordura de porco e de boi que ela guardara ao longo do inverno. O caldeirão ferveu, e a soda cáustica e a gordura formaram o sabão.

Almanzo poderia ter ajudado a manter as fogueiras acesas, poderia ter retirado o sabão do caldeirão e enchido os potes com ele, mas tinha que voltar para a escola.

Ele observava e analisava a lua ansiosamente, pois em maio, quando a lua não aparecia, ele podia ficar fora da escola e plantar abóboras.

Então, quando esse dia chegou, de manhã bem cedo ele amarrou uma bolsa cheia de sementes de abóbora em volta da cintura e foi para o milharal. Todo o campo escuro estava coberto por um fino véu verde de ervas daninhas. As pequenas folhas de milho não cresciam direito por causa do frio.

A cada dois pés de milho, Almanzo se ajoelhava, pegava uma semente de abóbora fina e achatada entre os dedos e a enterrava no chão, com a ponta afiada para baixo.

No início estava muito frio, mas logo o sol estava mais alto e quente. O cheiro do ar e da terra eram muito aprazíveis, e era divertido enfiar o dedo indicador e o polegar no solo macio e deixar a semente ali para crescer.

Ele trabalhou dia após dia, até que todas as sementes estivessem plantadas, e então pediu para capinar e desbastar as cenouras. Retirou todas as ervas daninhas das longas fileiras e desbastou as ramas das cenouras, até que ficassem a cinco centímetros de distância uma da outra.

Almanzo não se apressou nem um pouco. Ninguém jamais se preocupara tanto com as cenouras como ele, porque não queria voltar para a escola. Ele fez o trabalho durar até que houvesse apenas mais três dias de escola; então o semestre da primavera terminou, e ele poderia trabalhar durante todo o verão.

Primeiro ajudou a capinar o milharal. O pai arou entre as fileiras, e Royal e Almanzo, com enxadas, mataram todas as ervas daninhas que sobraram e afofaram a terra em volta de cada monte de milho. Trabalhavam nisso o dia todo, mexendo com a terra ao redor dos brotos de milho e das duas primeiras folhas planas das abóboras.

Almanzo fez isso em dois acres de milho e depois em dois acres de batatas. E assim o trabalho de capinagem se encerrava por um período, e começava o trabalho com os morangos.

Os morangos silvestres foram poucos naquele ano e tardios, porque a geada matou as primeiras flores. Almanzo tinha de ir muito longe para encher o balde de pequenas frutas doces e perfumadas.

Quando as encontrava agrupadas sob as folhas verdes, não podia deixar de comer algumas. Cortava os ramos verdes da gaultéria e também os comia. Usava pedras para afugentar os esquilos brincalhões para que não pegassem suas frutas, deixava o balde na margem do riacho e ia nadar, perseguindo os peixinhos. Mas ele nunca voltava para casa sem o balde cheio.

No jantar, comiam morangos com creme e, no dia seguinte, a mãe fazia geleia de morango.

– Nunca vi milho crescer tão devagar – preocupou-se o pai.

Ele voltou a arar o campo, e Almanzo ajudou Royal a capinar o milho novamente. Mas os pequenos brotos não estavam se desenvolvendo. No dia primeiro de julho, eles tinham apenas dez centímetros de altura. Pareciam sentir que o perigo os ameaçava e tinham medo de crescer.

Faltavam três dias para 4 de julho, o Dia da Independência. No dia seguinte, faltavam dois. No outro, só faltava mais um, até que, naquela noite, Almanzo teve que tomar banho, embora não fosse sábado. Na manhã seguinte, todos iriam à festa em Malone. Almanzo mal podia esperar pelo dia seguinte. Haveria uma banda, discursos, e o canhão de latão seria disparado.

O ar estava parado e frio naquela noite, e o céu tinha uma aparência de inverno. Depois da ceia, o pai voltou aos celeiros. Ele fechou as portas e as pequenas janelas de madeira das baias dos cavalos e colocou as ovelhas com os cordeiros no curral.

Quando ele voltou para casa, a mãe perguntou se o frio estava mais ameno. O pai balançou a cabeça.

– Eu acredito que vai congelar – disse ele.

– Ora, certamente que não! – respondeu a mãe. Mas ela parecia um pouco preocupada.

Em algum momento da noite, Almanzo sentiu frio, mas estava com muito sono para fazer algo a respeito. Então ouviu a mãe chamar:
– Royal! Almanzo!
Ele estava com muito sono para abrir os olhos.
– Meninos, levantem-se! Depressa! – a mãe chamou. – O milho está congelado!
Almanzo saltou da cama e vestiu as calças. Mal conseguia manter os olhos abertos, suas mãos estavam desajeitadas, e grandes bocejos quase deslocaram sua mandíbula. Ele cambaleou escada abaixo atrás de Royal.
A mãe, Eliza Jane e Alice estavam vestindo seus capuzes e xales. A cozinha estava fria; o fogo não tinha sido aceso. Fora de casa, tudo parecia estranho. A relva estava branca com a geada, e havia uma faixa verde no céu, mas o ar estava escuro. O pai atrelou Bess e Beauty à carroça.
Royal encheu o pote de água. Almanzo ajudou a mãe e as meninas a trazer bacias e baldes, e o pai colocou barris na carroça. Eles encheram as bacias e os barris de água e caminharam atrás da carroça até o milharal.
Todo o milho estava congelado. As pequenas folhas estavam duras e quebravam-se quando se tocava nelas. Só a água fria salvaria a vida do milho. Cada pé deveria ser regado antes que o sol nascesse, ou as plantinhas morreriam e não haveria safra de milho naquele ano.
A carroça parou na beira do campo. O pai, a mãe, Royal, Eliza Jane, Alice e Almanzo encheram seus baldes de água, e todos foram trabalhar o mais rápido que podiam.
Almanzo tentou ir mais rápido, mas o balde era pesado, e suas pernas eram curtas. Seus dedos molhados estavam gelados, a água batia em suas pernas, e ele estava terrivelmente sonolento. Tropeçava ao longo das fileiras e em cada pé de milho derramava um pouco de água sobre as folhas congeladas. O campo parecia enorme. Havia milhares de pés de milho. Almanzo começou a sentir fome, mas ele não podia parar e reclamar. Tinha de se apressar muito para salvar o milho.
A faixa verde no céu se tornou rosada. A cada momento, a claridade aumentava. No início, a escuridão era como uma névoa sobre o campo

enorme, mas agora Almanzo conseguia ver o fim das longas fileiras. Ele tentou trabalhar mais rápido.

Em um instante, a terra mudou de preta para cinza.

O sol estava chegando e ia matar o milho.

Almanzo corria para encher o balde; e corria de volta. Ele correu pelas fileiras, regando água nos pés de milho. Sentia dor nos ombros, nos braços e uma pontada nas costas. Estava com muita fome, mas cada regada de água salvava um pé de milho.

Na luminosidade que rodeava a plantação, o milho começou a projetar leves sombras.

De repente, o sol pálido iluminou o campo.

– Continuem! – o pai gritou.

Então todos eles continuaram; não pararam.

Mas, em pouco tempo, o pai desistiu:

– Não adianta! – ele disse.

Nada salvaria o milho depois que o sol o tocasse.

Almanzo largou o balde e endireitou-se contra a dor nas costas. Todos os outros se levantaram e olharam e não disseram nada. Eles haviam regado quase três acres. Um quarto de acre não havia sido regado. Foi perdido.

Almanzo voltou para a carroça e subiu.

– Vamos ser gratos por termos salvado a maior parte – disse o pai.

Eles voltaram sonolentos até os celeiros. Almanzo estava cansado, com frio e com fome. Suas mãos estavam desajeitadas, fazendo as tarefas. Mas pelo menos a maior parte do milho estava salva.

Dia da Independência

Almanzo estava tomando o desjejum quando se lembrou de que era o dia 4 de julho. Sentiu-se mais animado. Era como se fosse domingo.

Depois do desjejum, ele lavou o rosto com sabão macio até a pele ficar lustrosa e penteou o cabelo úmido repartido ao meio. Vestiu a calça cinza de lã, a camisa de chita francesa, o colete e o paletó curto. A mãe tinha feito seu novo traje na última moda.

O paletó era abotoado no colarinho com uma presilha de pano, e as duas abas ficavam abertas para aparecer o colete, arredondando-se sobre os bolsos da calça.

Colocou o chapéu de aba redonda que a mãe tinha confeccionado com palha de aveia entrelaçada e pronto, estava apropriadamente vestido para o Dia da Independência. Sentia-se ótimo.

Os cavalos do pai foram atrelados ao impecável coche de rodas vermelhas, e a família saiu para o dia ensolarado e fresco. Havia um clima festivo em toda a região. Ninguém estava trabalhando nas lavouras, e na estradinha as pessoas se dirigiam para a cidade em seus veículos, vestidas em trajes de domingo.

Os ágeis cavalos do pai de Almanzo ultrapassavam todos os outros coches, carroças e diligências. Passavam por cavalos cinzentos, pretos e malhados. Almanzo acenava com o chapéu toda vez que passavam por alguém conhecido e estaria mais que feliz se fosse ele que estivesse conduzindo aquela linda parelha.

Nas cabanas perto da igreja em Malone, ele ajudou o pai a desatrelar os cavalos. A mãe, Royal e as meninas se afastaram apressados, mas Almanzo preferia ajudar com os cavalos a fazer qualquer outra coisa. Não podia conduzi-los, mas podia atrelá-los, agasalhá-los com as mantas, afagar os focinhos macios e alimentá-los.

Em seguida, foi com o pai para a rua, para as calçadas lotadas de gente. Todas as lojas estavam fechadas, mas damas e cavalheiros caminhavam para um lado e para outro, conversando. Meninas com os cabelos cacheados seguravam suas sombrinhas, e todos os meninos estavam bem vestidos, no mesmo estilo de Almanzo. Havia bandeiras em toda parte, e na praça a banda tocava *Yankee Doodle*, aos acordes de pífaros, flautas e tímpanos.

Yankee Doodle foi para a cidade,
Cavalgando em um pônei,
Espetou uma pena no chapéu
E chamou de macaroni!

Até os adultos acompanhavam o ritmo da música. E bem ali, na esquina da praça, estavam os dois canhões de bronze! A linha do trem fazia com que a praça tivesse apenas três cantos. Era cercada, e havia bancos enfileirados sobre o gramado, onde as pessoas aos poucos iam se sentando, como faziam na igreja.

Almanzo foi com o pai se sentar em um dos melhores lugares na frente. Todos os homens importantes da região paravam para cumprimentar seu pai com um aperto de mãos. A multidão continuou a chegar, até que todos os assentos ficaram ocupados, e ainda havia gente do lado de fora da grade. A banda silenciou, e o pastor fez uma oração. Então a banda recomeçou a tocar, e todos ficaram de pé. Homens e rapazes tiraram o chapéu. A banda tocava, e todos cantavam.

O PEQUENO FAZENDEIRO

*Ah, podeis ver
À luz tenue da aurora,
A que tão orgulhosamente saudamos
Na última claridade do crespúsculo,
Com largas listras e estrelas cintilantes
Ao longo da perigosa luta,
Tão galantemente flamulando
Por cima das ameias que estamos guardando?*

No topo do mastro, as Estrelas e Listras ondulavam contra o céu azul. Todos contemplavam a bandeira americana, e Almanzo cantava com vigor.

Então todos se sentaram, e um membro do Congresso subiu no estrado. Lenta e solenemente, ele leu a Declaração da Independência.

– Quando no curso dos eventos humanos torna-se necessário a um povo... assumir entre as nações da Terra a posição de igualdade... Consideramos estas verdades por si sós evidentes, de que todos os homens foram criados iguais...

Almanzo sentia-se solene e muito orgulhoso.

Então, dois homens fizeram longos discursos políticos. Um defendia tarifas elevadas, outro acreditava no livre-comércio. Todos os adultos ouviam com atenção, mas Almanzo não entendia direito o que diziam e começou a ficar com fome. Ficou aliviado quando a banda recomeçou a tocar.

A música era alegre, os músicos, vestidos de azul e vermelho com botões dourados, tocavam animadamente, e o gordo percussionista criava uma batida contagiante com as baquetas. Todas as bandeiras tremulavam, todos estavam felizes, porque eram livres e independentes, e porque era o Dia da Independência. E porque estava na hora de almoçar.

Almanzo ajudou o pai a alimentar os cavalos, enquanto a mãe e as meninas arrumavam o piquenique no gramado ao lado da igreja. Havia outras famílias fazendo piquenique também, e depois de comer tudo o que conseguiu Almanzo voltou para a praça.

Havia uma barraca de limonada, onde um homem vendia limonada cor-de-rosa a um níquel o copo, e um numeroso grupo de garotos se reuniu em volta da barraca. O primo Frank estava lá. Almanzo bebeu água da bomba da cidade, mas Frank disse que ia comprar limonada. Ele tinha um níquel. Foi até a barraca, comprou um copo de limonada cor-de-rosa e bebeu vagarosamente. Estalou os lábios e esfregou a barriga.

– Hummm! Por que não compra uma para você? – perguntou.

– Onde você conseguiu o níquel? – quis saber Almanzo.

Ele nunca tivera um níquel. O pai lhe dava uma moeda todo domingo para pôr na caixa de coleta da igreja, mas nunca tivera dinheiro seu.

– Meu pai me deu – Frank vangloriou-se. – Meu pai me dá um níquel toda vez que peço.

– Bem, meu pai também me daria se eu pedisse – retrucou Almanzo.

– Então por que não pede a ele?

Frank não acreditava que o pai de Almanzo lhe daria um níquel. E Almanzo não sabia se o pai daria ou não.

– Porque não quero – respondeu.

– Ele não lhe daria...

– Daria, sim.

– Então vá lá pedir – insistiu Frank.

Os outros garotos estavam ouvindo a conversa. Almanzo enfiou as mãos nos bolsos e disse:

– Eu pediria se quisesse.

– Ah, está com medo! – Frank provocou. – Eu o desafio a ir pedir!

O pai de Almanzo estava um pouco mais para baixo na rua, conversando com o senhor Paddock, o fabricante de carroças. Almanzo andou devagar na direção deles. Estava sem coragem, mas tinha de ir. Quanto mais perto chegava do pai, com mais medo ele ficava de pedir um níquel. Nunca antes sequer pensara em fazer algo assim. Tinha certeza de que o pai não lhe daria o dinheiro.

Esperou até o pai parar de falar com o senhor Paddock e olhar para ele.

– O que foi, filho? – perguntou o pai.

Almanzo estava apavorado.

– Pai – ele começou.

– Sim, filho?

– Pai... o senhor... o senhor me daria... um níquel?

Almanzo ficou ali parado enquanto o pai e o senhor Paddock olhavam para ele, e desejou sair correndo. Por fim, o pai perguntou:

– Para quê?

Almanzo baixou o olhar para os sapatos.

– É que... Frank tinha um níquel. Ele comprou limonada cor-de-rosa.

– Bem – disse o pai calmamente –, se Frank lhe fez uma gentileza, é justo que você retribua. – O pai levou a mão ao bolso, mas parou e perguntou:

– Frank lhe deu uma limonada?

Almanzo queria tanto o níquel que assentiu com a cabeça. Mas logo em seguida se arrependeu.

– Não, papai.

O pai o olhou demoradamente. Depois tirou a carteira do bolso, abriu-a e pegou uma moeda prateada de meio dólar.

– Almanzo, você sabe o que é isto? – perguntou.

– Meio dólar – respondeu Almanzo.

– Sim. Mas você sabe o que é meio dólar?

Almanzo não sabia o que era, além de ser meio dólar.

– É trabalho, filho. É isso que dinheiro é, trabalho esforçado.

O senhor Paddock riu.

– O menino é muito novo, Wilder – disse ele. – Não pode esperar que uma criança dessa idade entenda isso.

– Almanzo é mais esperto do que você pensa – falou o pai.

Mas Almanzo não entendia. Queria sair dali, mas o senhor Paddock estava olhando para seu pai do mesmo jeito que Frank havia olhado para ele ao desafiá-lo, e seu pai dissera que ele era esperto, então Almanzo tentou parecer um menino esperto.

O pai perguntou:

– Você sabe como cultivar batatas, Almanzo?

– Sim – ele respondeu.

– Suponhamos que você tenha uma semente de batata começando a crescer. O que você faz?

– Eu corto – respondeu Almanzo.

– E depois, filho?

– Depois eu adubo a terra e passo o arado. Depois faço a marcação no solo, planto as batatas e passo o arado novamente. É preciso arar duas vezes.

– Isso mesmo, filho. E depois?

– Depois eu colho as batatas e as guardo no porão.

– Certo. Você as colhe ao longo de todo o inverno, descarta as pequenas e as que estiverem estragadas. Depois, na primavera, você carrega a carroça e as traz aqui para Malone, para vender. E, se você conseguir um bom preço, filho, quanto você ganha por todo esse trabalho? Quanto você ganha por um cesto de batatas?

– Meio dólar – respondeu Almanzo.

– Exatamente – disse o pai. – É isso que está neste meio dólar, Almanzo. O trabalho de cultivar um cesto de batatas.

Almanzo olhou para a moeda na mão do pai. Parecia pequena, em comparação com aquele trabalho todo.

– Pode ficar com ela, Almanzo – disse o pai.

Almanzo mal podia acreditar que o pai estava lhe dando aquele dinheiro. Pegou a moeda e sentiu-lhe o peso.

– É sua – o pai falou. – Você pode comprar uma leitoazinha com ela, se quiser. Pode criá-la, e ela lhe dará uma ninhada de leitões que você poderá vender por quatro ou cinco dólares cada. Ou você pode trocar esse meio dólar por um copo de limonada e beber. Faça o que quiser, o dinheiro é seu.

Almanzo esqueceu-se de agradecer. Segurou a moeda de meio dólar por um instante, depois guardou-a no bolso e voltou para onde estavam os garotos, perto da barraca de limonada. O vendedor estava gritando:

– Aqui, pessoal, venham! Limonada geladinha, limonada cor-de-rosa, apenas cinco centavos o copo! Cinco centavos, pessoal, limonada rosa geladinha!

Frank perguntou a Almanzo:

– Onde está o níquel?

– Meu pai não me deu um níquel – disse Almanzo.

– Ah-há! – Frank exclamou. – Eu disse que ele não daria, eu disse!

– Ele me deu meio dólar – disse Almanzo.

Os garotos não acreditaram até Almanzo lhes mostrar a moeda. Eles se reuniram em volta de Almanzo, esperando que ele gastasse o dinheiro. Ele mostrou a moeda para todos e voltou a guardá-la no bolso.

– Vou dar uma olhada por aí e comprar uma boa leitoazinha.

A banda veio marchando pela rua, e todos eles correram para acompanhar os músicos. A bandeira ia gloriosamente içada à frente, a seguir iam os corneteiros, depois os tocadores de pífaro e por último o percussionista. A fanfarra subiu a rua, depois desceu, sempre seguida pelos garotos, até parar novamente na praça ao lado dos canhões de bronze.

Centenas de pessoas se encontravam ali, assistindo. Os canhões estavam apontados para o alto, a banda continuava tocando. Dois homens davam ordens:

– Para trás, afastem-se! Para trás!

Outros homens colocavam pólvora nos canhões e a empurravam para dentro com panos enrolados em varas compridas.

Os garotos correram para arrancar tufos de relva e ervas na margem da linha férrea, e os homens empurravam o mato para dentro do cano dos canhões com as varas.

Uma fogueira crepitava ao lado dos trilhos do trem, e ali estavam outras hastes de ferro esquentando.

Quando todo o mato estava bem comprimido dentro dos canhões, um dos homens pegou mais um punhado de pólvora e colocou nos dois pequenos orifícios existentes nos canos. A essa altura todo mundo gritava:

– Para trás! Para trás!

A mãe de Almanzo segurou-o pelo braço e o fez afastar-se com ela.

– Ah, mamãe, é só pólvora e mato. Não machuca ninguém. Vou tomar cuidado, sério.

Mesmo assim ela o fez afastar-se dos canhões.

Dois homens tiraram as longas varas de ferro do fogo. Todo mundo estava quieto, observando. Da maior distância possível dos canhões, os dois homens esticaram as varas e encostaram as extremidades em brasa nos orifícios. Uma pequena chama, parecendo uma luz de vela, acendeu-se da pólvora. Enquanto as chamas ardiam por uns instantes, ninguém respirava. E então... *BOOM!*

Os canhões deram um coice para trás, e partículas de mato voaram pelo ar. Almanzo correu com os outros meninos para sentir o calor na boca dos canhões. Todo mundo estava admirado com o barulho alto que os canhões haviam feito.

– Foi esse barulho que fez os soldados ingleses fugirem! – disse o senhor Paddock para o pai de Almanzo.

– Pode ser – murmurou o pai, cofiando a barba. – Mas foram os mosquetes que ganharam a revolução. E não esqueça que foram machados e arados que fizeram este país.

– Pensando bem, é verdade – concordou o senhor Paddock.

O Dia da Independência havia terminado. Os canhões tinham sido disparados, e não havia mais nada a fazer a não ser atrelar os cavalos e voltar para casa para cuidar dos animais.

Naquela noite, quando estavam levando o leite para casa, Almanzo perguntou ao pai:

– Papai, como foi que machados e arados fizeram este país? Não foi uma guerra com os ingleses?

– Nós lutamos pela independência, filho – disse o pai. – Mas tudo o que nossos antepassados tinham era uma faixa de terra aqui, entre as montanhas e o oceano. Todo o território daqui para o oeste pertencia aos índios, espanhóis, franceses e ingleses. Foram os fazendeiros que ocuparam toda esta terra e fizeram a América.

– Como? – perguntou Almanzo.

– Bem, filho, os espanhóis eram soldados e fidalgos poderosos que só queriam ouro. Os franceses eram negociantes de peles que queriam ganhar dinheiro o mais rápido possível, e os ingleses estavam ocupados combatendo em outras guerras. Mas nós éramos agricultores, filho; queríamos a terra. Foram os fazendeiros que foram além das montanhas e desbravaram as terras, plantaram e defenderam suas propriedades. Hoje, este país se estende por quase cinco mil quilômetros para o oeste. Vai para além do Kansas, do Grande Deserto Americano, passa por montanhas mais altas que estas, até o Oceano Pacífico. É o maior país do mundo, e foram os fazendeiros que tomaram toda essa terra e fizeram a América, filho. Nunca se esqueça disso.

Verão

O sol estava mais quente agora, e todas as plantas cresciam rapidamente. As folhagens do milharal chegavam à altura da cintura; o pai arou novamente a plantação e depois a deixou por sua conta. As ervas daninhas tinham sido controladas, e não era mais necessário cuidar.

As fileiras folhosas de batatas estavam totalmente preenchidas, e as flores brancas pareciam carreiras de espuma no campo. Os bagos de aveia ondulavam, verde-acinzentados, e no trigal começavam a aparecer pequenas espigas onde os grãos cresceriam. Os campos estavam rosados com as flores prediletas das abelhas.

O trabalho já não era tão urgente. Almanzo tinha tempo para capinar o jardim e arrancar as ervas daninhas por entre as batatas que havia semeado. Havia plantado algumas sementes de batata, só para ver se cresceriam, e todas as manhãs cuidava das abóboras que seriam vendidas na Feira Municipal.

O pai lhe havia ensinado como nutrir as abóboras com leite. Tinham escolhido o solo mais fértil do campo e podado os ramos de todas, menos de uma, e cortado todas as flores amarelas, menos uma. Então, entre a raiz e a pequena abóbora verde, eles cavaram um sulco na terra, no fundo do qual Almanzo colocou uma vasilha com leite. Ele colocou um pavio de vela dentro do leite e a outra ponta do pavio no sulco. Todos os dias a abóbora se alimentava do leite através do pavio de vela e estava crescendo espantosamente. Já estava três vezes maior que qualquer uma das outras abóboras plantadas no campo.

Almanzo também já tinha uma leitoazinha, que havia comprado com seu meio dólar. Era tão pequenina que no princípio ele a alimentava com um pano embebido em leite. Mas logo ela aprendeu a beber sozinha. Ela ficava em um cercado na sombra, porque os filhotes de porcos crescem melhor na sombra, e Almanzo lhe oferecia tudo o que ela podia comer. Estava crescendo depressa.

Almanzo também estava crescendo, mas não tão rápido quanto deveria. Ele bebia todo o leite que podia e, nas refeições, enchia tanto o prato que não conseguia comer tudo. O pai o olhava muito sério quando ele deixava comida no prato.

– O que está acontecendo, filho? Seus olhos são maiores que a barriga?

Então Almanzo tentava engolir mais um pouco. Ele não contava a ninguém que estava tentando crescer mais rápido para poder ajudar a adestrar os potros.

Todo dia, o pai levava os cavalinhos de dois anos de idade para o pátio, um por um, amarrados a uma corda comprida, e os treinava para andar e parar quando ele dava os comandos. Treinava-os para usar rédeas e arreios e para não se assustarem com nada. Em breve ele atrelaria cada um com um cavalo mais velho e manso e os ensinaria a puxar uma carroça leve. Mas o pai não deixava Almanzo chegar perto quando estava treinando os cavalos.

Almanzo tinha certeza de que os cavalos não se assustariam com ele; ele não os ensinaria a pular, nem a empinar, nem a correr. Mas o pai não confiava em um menino de nove anos.

Naquele ano, Beauty deu à luz o potrinho mais lindo que Almanzo já tinha visto. Tinha uma estrela perfeita na testa, e Almanzo deu a ele o nome de Starlight. Ele corria no pasto junto com a mãe, e certa vez, quando o pai de Almanzo tinha ido para a cidade, Almanzo foi atrás deles para o pasto.

Beauty ergueu a cabeça e viu-o aproximar-se, e o pequeno potro se escondeu atrás dela. Almanzo parou e ficou imóvel. Depois de um tempo, Starlight espiou por baixo da cabeça de Beauty. Almanzo não se moveu. Pouco a pouco, o potro esticou o pescoço na direção de Almanzo, olhando para ele com curiosidade. Beauty esfregou o focinho nas costas do filhote e balançou a cauda; depois deu um passo à frente e arrancou uma moita de relva da terra. Starlight tremia, olhando para Almanzo. Beauty observava os dois enquanto mastigava placidamente. O potrinho deu um passo, depois outro. Estava tão perto que Almanzo poderia tocar nele se esticasse o braço, mas não o fez; continuou parado. Starlight se aproximou mais, e Almanzo prendeu a respiração. De repente, o potro virou-se e correu de volta para a mãe. Almanzo ouviu Eliza Jane chamar:

– Ma-a-an-zo-o!

Ela o tinha visto. Naquela noite, ela contou para o pai. Almanzo garantiu que não havia feito absolutamente nada, mas o pai disse:

– Se eu souber que você fez isso outra vez, você vai apanhar. Ele é um potro bom demais para ser estragado. Não quero você ensinando truques e manias para ele que depois não conseguirei corrigir.

Os dias de verão estavam longos e quentes agora, e a mãe disse que era uma época boa para o crescimento. Mas Almanzo sentia que tudo crescia, menos ele. Os dias se passavam, um após o outro, e nada parecia mudar. Almanzo cuidava do jardim, ajudava a consertar as cercas, cortava lenha e tratava dos animais. Nas tardes quentes, quando não tinha tarefas a cumprir, ele ia nadar.

Às vezes acordava de manhã e escutava a chuva bater no telhado. Isso significava que talvez ele e o pai fossem pescar.

Almanzo não se atrevia a pedir ao pai para irem pescar, porque era errado perder tempo com ociosidades. Mesmo nos dias chuvosos, sempre havia o que fazer. O pai consertava arreios, amolava ferramentas, limava telhas. Almanzo tomava o desjejum em silêncio, ciente de que o pai estava lutando contra a tentação. Temia que a consciência do pai vencesse.

– Bem, o que você vai fazer hoje? – perguntava a mãe.

O pai respondia algo do tipo:

– Pensei em olhar a plantação de cenouras e consertar a cerca.

– Você não pode fazer isso com esta chuva.

– Não – o pai concordava. Depois do desjejum, ele se levantava, espiava pela janela e por fim dizia: – Bem! Está muito molhado para trabalhar ao ar livre. Que tal irmos pescar, Almanzo?

Então Almanzo se apressava a ir buscar a enxada e a lata de iscas e cavava a terra para pegar minhocas. A chuva tamborilava em seu velho chapéu de palha, escorria por seus braços e costas, e ele sentia a lama fria por entre os dedos dos pés. Já estava ensopado quando ele e o pai pegaram suas varas de pesca e atravessaram o pasto em direção ao rio.

Não havia nada com cheiro mais gostoso do que a chuva caindo sobre os trevos; nenhuma sensação era tão boa quanto os pingos de chuva no rosto de Almanzo e a relva molhada relando em seus tornozelos; nenhum som era mais agradável do que a chuva tamborilando nos arbustos ao longo do rio Trout e a água correndo por entre as pedras.

Eles caminharam em silêncio pela margem, sem fazer ruído, e jogaram seus anzóis. O pai ficou embaixo de uma árvore de cicuta, e Almanzo se abrigou sob os galhos frondosos de um cedro, ambos observando os pingos de chuva salpicar a água.

De repente, Almanzo avistou um brilho prateado no ar. O pai havia fisgado uma truta! O peixe deslizou sob a chuva conforme o pai o puxava para a margem relvada. Almanzo ficou em pé de um pulo e lembrou-se bem a tempo de não dar um grito.

Nesse instante, ele sentiu um puxão em sua linha, e a ponta da vara curvou-se para baixo, quase entrando na água. Ele puxou com força, e outro peixe prateado apareceu na ponta da linha! O peixe se debatia e escorregava nas mãos de Almanzo, mas ele conseguiu remover o anzol – era uma linda truta salpicada de pintas coloridas, ainda maior que a do pai. Almanzo segurou-a no alto para o pai ver, depois colocou outra isca no anzol e jogou novamente a linha para dentro da água.

Os peixes sempre mordem bem quando chove sobre a água; o pai pescou mais um, e Almanzo, outros dois. Depois o pai pegou mais dois, e Almanzo fisgou um ainda maior que o primeiro. Em pouco tempo, eles tinham duas cordas com trutas enfileiradas. O pai admirou as de Almanzo, e ele admirou as do pai, e os dois voltaram para casa atravessando os campos de trevos sob a chuva.

Estavam completamente encharcados, mas sentiam-se aquecidos por dentro. No quintal, debaixo da chuva, eles cortaram a cabeça dos peixes sobre o feixe de lenha, removeram as escamas prateadas e os limparam por dentro, retirando as vísceras. O caldeirão ficou cheio de trutas, e a mãe as envolveu em farinha de milho e as fritou para o almoço.

– Hoje à tarde Almanzo pode me ajudar a fazer manteiga – disse ela.

As vacas estavam produzindo tanto leite que a manteiga precisava ser feita duas vezes por semana. A mãe e as meninas estavam cansadas de bater a manteiga, e nos dias chuvosos Almanzo tinha de ajudar.

No porão caiado, o barril onde a manteiga era batida estava apoiado em um suporte de madeira, cheio de nata até a metade. Almanzo girou a manivela, e a nata começou a girar, com os ruídos característicos – *splash, click, clash, splash, click, clash*. Almanzo tinha de bater continuamente a nata até que começassem a se formar grãos de manteiga.

Depois ele bebeu uma caneca do soro amanteigado e comeu biscoitos, enquanto a mãe tirava a manteiga do barril e lavava em uma bacia redonda de madeira. Ela lavava bem, até todo o soro ser drenado, e depois salgava e embalava a manteiga em cubos.

A pescaria não era a única diversão no verão.

– Nem só de trabalho vive o homem – disse o pai, como de costume. – Amanhã vamos colher frutas silvestres.

Almanzo não disse nada, mas por dentro ficou eufórico.

Antes do amanhecer do dia seguinte, estavam todos na carroça, usando suas roupas mais surradas e levando baldes e cestos e um farto lanche para fazer piquenique. Foram até as montanhas perto do lago *Chateaugay*, onde havia grande variedade de frutos silvestres. Riam e cantavam, e suas vozes ecoavam por entre as árvores do bosque. Todos os anos eles encontravam amigos ali, que não viam em nenhuma outra ocasião ou lugar, somente ali, e que também iam colher frutinhas; todos conversavam enquanto trabalhavam.

Os arbustos baixos e frondosos cobriam o solo nos espaços entre as árvores, carregados de cachos de amoras, framboesas, groselhas, mirtilos e outras frutinhas, e um aroma adocicado impregnava o ar.

Os pássaros também vinham refestelar-se ali, chilreando e voejando por entre os arbustos. Os gaios-azuis trombavam com a cabeça dos catadores; dois deles atacaram o chapéu de sol de Alice e Almanzo teve de enxotá-los. Em um momento em que estava sozinho, em um canto mais isolado, ele se deparou com um urso-pardo atrás de um cedro.

O urso estava de pé sobre as patas traseiras, enfiando dentro da boca cachos de frutas com as duas patas dianteiras. Almanzo ficou paralisado, e o urso, também. Ambos ficaram se olhando por um momento, e era difícil dizer quem estava mais assustado, se Almanzo, com os olhos arregalados, ou o urso, com os olhinhos pretos fixos acima das patas imóveis. Até que o urso largou as frutas, apoiou-se pesadamente nas quatro patas e saiu correndo por entre as árvores.

Ao meio-dia, as cestas de piquenique foram abertas ao lado de uma pequena cascata, e todo mundo se sentou à sombra, comendo e conversando. Depois beberam água fresca e voltaram a colher frutas.

No começo da tarde, os cestos e baldes estavam cheios, e a família de Almanzo voltou para casa. Estavam todos um pouco sonolentos, banhados pelo sol quente e inspirando o aroma doce das frutas.

Durante dias, a mãe e as meninas faziam geleias e compotas, e a cada refeição havia torta de groselha ou pudim de mirtilo.

Então, certa noite, enquanto jantavam, o pai falou:

– Está na hora de sua mãe e eu termos férias. Estamos pensando em passar uma semana com seu tio Andrew. Será que vocês conseguem se comportar e cuidar de tudo enquanto estamos fora?

– Tenho certeza de que Eliza Jane e Royal são capazes de tomar conta de tudo por uma semana – disse a mãe –, com a ajuda de Alice e Almanzo.

Almanzo olhou para Alice, e os dois olharam para Eliza Jane. Então todos olharam para o pai e responderam:

– Sim, papai.

Cuidando da casa

O tio Andrew morava a dezesseis quilômetros de distância. Ao longo de uma semana, os pais de Almanzo se prepararam para a viagem, o tempo todo pensando nas coisas que teriam de ser feitas durante sua ausência. Até quando já estava entrando no coche, a mãe recomendou:

– Não se esqueçam de recolher os ovos todas as noites – ela disse. – E eu dependo de você, Eliza Jane, para encarregar-se da manteiga. Não salgue demais, e lembre-se de cobrir. Não usem os grãos de feijão e ervilha que estou guardando para semear. Comportem-se enquanto estamos fora…

Ela arrumou a armação da saia no espaço na frente do banco, enquanto o pai estendia a manta.

– E, Eliza Jane, cuidado com o fogo. Não saia de casa se o fogão estiver aceso, e não fiquem carregando velas acesas para lá e para cá. E…

O pai balançou as rédeas, e os cavalos começaram a se mover.

– Não comam todo o açúcar! – a mãe exclamou, olhando para trás.

O coche saiu para a estrada. Os cavalos começaram a trotar, afastando-se rapidamente. Em pouco tempo, o som das rodas do coche cessou. O pai e a mãe haviam partido.

As crianças ficaram em silêncio, ninguém falava. Até Eliza Jane parecia um pouco assustada. A casa, os celeiros e os campos pareciam imensos e vazios. Por uma longa semana, o pai e a mãe estariam a mais de quinze quilômetros de distância.

De repente, Almanzo jogou o chapéu para o alto e gritou. Alice cruzou os braços e perguntou:

– O que famos fazer primeiro?

Eles podiam fazer qualquer coisa que quisessem. Não havia ninguém para mandá-los parar.

– Vamos lavar a louça e arrumar as camas – disse Eliza Jane, em tom de autoridade.

– Vamos fazer sorvete! – exclamou Royal.

Eliza Jane amava sorvete. Ela hesitou por um instante e murmurou:

– Bem...

Almanzo correu atrás de Royal para o depósito de gelo. Eles tiraram um bloco de gelo do meio da serragem e o colocaram em um saco de grãos vazio. Levaram o saco até o alpendre dos fundos e deram várias machadadas até picar todo o gelo.

Alice saiu da cozinha para observá-los enquanto batia claras de ovos em uma vasilha. Batia-as com um garfo, até estarem firmes e não caírem quando ela virava a vasilha.

Eliza Jane mediu o leite e a nata e pegou açúcar na despensa; não o habitual açúcar de bordo, mas açúcar branco, comprado no armazém. A mãe só usava esse açúcar quando vinham visitas. Eliza Jane pegou a medida de seis xícaras e alisou o açúcar restante, de modo que ninguém notaria que estava faltando.

Fez o creme no fervedor de leite grande, depois eles colocaram o fervedor dentro de uma bacia com o gelo picado em volta, misturado com sal, e cobriram com um cobertor. A cada poucos minutos afastavam o cobertor e mexiam o creme, que aos poucos começava a gelar.

Quando o creme ficou congelado, Alice trouxe pratinhos e colheres, e Almanzo pegou um bolo e uma faca. Cortou pedaços grandes do bolo, enquanto Eliza Jane colocava sorvete nos pratinhos. Eles podiam comer todo o sorvete e bolo que quisessem, ninguém os mandaria parar.

Ao meio-dia, já tinham comido todo o bolo e quase todo o sorvete. Eliza Jane avisou que estava na hora de aprontar o almoço, mas ninguém tinha fome para almoçar.
— Eu só quero melancia — disse Almanzo.
Alice se animou.
— Boa ideia! Vamos buscar uma!
— Alice! — Eliza Jane chamou. — Volte aqui já e lave a louça do desjejum!
— Eu lavo assim que voltar — respondeu Alice.

Então, ela e Almanzo foram para o trecho do pomar onde as melancias se encontravam espalhadas sobre as folhas murchas. Almanzo estalava o dedo na casca das melancias e prestava atenção ao som, para encontrar uma que estivesse madura. Mas, quando ele dizia que uma estava madura, Alice achava que estava verde. Não havia, na verdade, uma maneira de saber ao certo, embora Almanzo tivesse certeza de que sabia mais sobre melancias do que uma menina. Então acabaram colhendo seis melancias e as carregaram até o depósito de gelo, uma de cada vez, para colocar dentro da serragem fria e úmida.

Depois Alice entrou em casa para lavar a louça. Almanzo avisou que não iria fazer nada; que talvez fosse nadar. Mas, assim que Alice estava fora de vista, ele se esgueirou para os estábulos e para o pasto onde estavam os potros.

O pasto era grande, e o sol estava bem quente. O ar ondulava com o calor, e pequenos insetos zumbiam por toda parte. Bess e Beauty estavam deitadas à sombra de uma árvore, com seus potrinhos ali perto, balançando as caudas e tentando se equilibrar sobre as pernas compridas e abertas. Os maiorzinhos, de um, dois e três anos, estavam pastando. Todos eles ergueram a cabeça e olharam para Almanzo.

Ele andou bem vagarosamente na direção deles, estendendo a mão. Ele não tinha nada na mão, mas os potrinhos não sabiam disso. Almanzo não pretendia fazer nada, só queria chegar perto para afagá-los. Starlight e o outro potrinho correram trôpegos para suas mães, e Bess e Beauty ergueram a cabeça para olhar, depois deitaram novamente.

Os potros maiores empinaram as orelhas. Um deles se aproximou de Almanzo, depois outro também. Todos os seis potros crescidos estavam chegando perto dele. Almanzo gostaria de ter trazido cenouras para eles. Eram tão bonitos! Ele admirava o movimento das crinas brilhantes, os olhos, tudo. O sol brilhava em seus pescoços fortes e nos músculos do corpo. De repente, um deles relinchou baixinho.

– *Rinch!*

Um outro deu um coice no ar, outro relinchou mais alto, e todos ergueram a cabeça e a cauda e começaram a bater os cascos no chão ruidosamente. Então contornaram a árvore e de repente Almanzo ouviu-os às suas costas. Virou-se e viu-os correndo em sua direção. Corriam velozmente, e não havia tempo para Almanzo fugir, nem para se afastar do caminho. Ele fechou os olhos e gritou:

– Uooa!

O ar e o solo vibraram. Ele abriu os olhos e viu um cavalo voando acima de sua cabeça. Outros galopavam velozmente por ele, de um lado e de outro. Eram como manchas marrons passando ruidosamente pelo pasto, feito uma trovoada.

O chapéu de Almanzo voou quando um dos potros de três anos saltou por cima dele. Os potros pareciam ter enlouquecido, correndo descontrolados pelo pasto.

Então Almanzo viu Royal se aproximando.

– Deixe-os em paz! – Royal gritou. – Você sabe bem que não pode provocar os potros!

Ele pegou Almanzo pela orelha e o arrastou até o estábulo. Almanzo jurava que não tinha feito absolutamente nada, mas Royal ignorou seus protestos.

– Se eu pegar você no pasto novamente, arranco-lhe o couro! – ameaçou Royal. – E conto para o papai.

Almanzo se afastou, esfregando a orelha. Desceu até o rio Trout e nadou um pouco na parte que formava o lago, até sentir-se melhor. Mas achava injusto ser o mais novo da família.

Naquela tarde, as melancias já estavam geladas, e Almanzo as tirou da serragem e colocou-as sobre a relva, embaixo da árvore de bálsamo no pátio. Royal enterrou a faca grande em uma delas, e a casca estalou e se abriu. Fez o mesmo com as outras, e todas se abriram facilmente; estavam maduras e suculentas.

Almanzo, Alice, Eliza Jane e Royal comeram as fatias doces e saborosas até não poderem mais. Almanzo catava as sementes pretas escorregadias e jogava-as em Eliza Jane, até que ela o mandou parar. Ele comeu lentamente a última fatia e anunciou:

– Vou buscar Lucy para comer as cascas.

– Você não vai fazer isso! – retrucou Eliza Jane. – Que ideia! Trazer uma porca velha e nojenta para o pátio!

– Ela não é velha nem nojenta! – protestou Almanzo. – Lucy é uma porquinha pequenina e novinha, e os porcos são os animais mais limpos que existem! Você precisa ver como Lucy conserva a caminha dela limpa, ela a vira todo dia para arejar e a deixa sempre arrumada. Os cavalos não fazem isso, nem as vacas, nem as ovelhas, nem nenhum outro animal. Os porcos...

– Eu sei disso! Acho que sei tanto quanto você sobre os porcos! – exclamou Eliza Jane.

– Então não diga que Lucy é nojenta! Ela é tão limpa quanto você!

– Bem, a mamãe disse que era para você me obedecer – lembrou Eliza Jane. – E não vou gastar cascas de melancia com uma porca! Vou fazer compota com elas.

– As cascas de melancia não são só suas, são minhas também... – começou Almanzo, mas Royal se levantou e o interrompeu:

– Vamos, Manzo, está na hora de cuidar dos animais.

Almanzo não disse mais nada, mas, depois que concluiu as tarefas, ele tirou Lucy do cercado. A porquinha era branca como um cordeiro e gostava de Almanzo; balançava o rabinho retorcido toda vez que o via. Ela o seguiu até a casa, grunhindo de contentamento, e ficou guinchando do lado de fora da mureta do alpendre até Eliza Jane dizer que não conseguia mais ouvir os próprios pensamentos.

Depois do jantar, Almanzo colocou os restos de comida em um prato velho e deu para Lucy comer. Sentou-se nos degraus dos fundos e ficou afagando as costas dela, um carinho que os porcos adoram. Na cozinha, Eliza Jane e Royal discutiam por causa de caramelo. Royal queria comer caramelo, mas Eliza Jane dizia que caramelo era só para as noites de inverno. Royal argumentava que não via razão para não poder comer caramelo no verão. Almanzo também pensava assim, então entrou e tomou o partido do irmão.

Alice disse que sabia fazer caramelo. Eliza Jane disse que não iria fazer, mas Alice misturou açúcar, melaço e água, deixou fever, despejou o caramelo em cumbucas untadas com manteiga e colocou-as no alpendre para esfriar. Eles então arregaçaram as mangas, Eliza Jane inclusive, e untaram as mãos com manteiga para comer o caramelo.

Durante todo esse tempo, Lucy estava lá fora guinchando, chamando por Almanzo. Ele foi espiar para ver se o caramelo tinha esfriado e achou que sua porquinha também iria gostar de comer um pouco. O caramelo já estava frio. Ninguém estava olhando, então ele pegou uma generosa porção do doce dourado e jogou por sobre a mureta para Lucy, que abriu a boca para comer.

Depois todos os quatro comeram. Puxavam o caramelo em longos fios, dobravam e tornavam a puxar. Toda vez que dobravam, comiam um pouco.

Era bem pegajoso, grudava nos dentes, nos dedos, no rosto e até no cabelo. Deveria ter ficado em ponto de bala, mas não ficou. Eles puxavam, e puxavam, mas o caramelo continuava mole e pegajoso. Muito depois da hora de dormir, eles desistiram e foram se deitar.

Na manhã seguinte, quando Almanzo iniciou suas tarefas, Lucy estava no pátio. O rabinho estava caído, e a cabeça, inclinada. Ela não grunhiu quando o viu. Abanou a cabeça com um jeito tristonho e franziu o focinho.

Em sua boca, onde deveriam estar os dentes brancos, havia uma massa amarronzada.

Os dentes de Lucy estavam grudados com caramelo! Ela não podia comer, nem beber, nem guinchar, nem mesmo grunhir. Mas, ao ver Almanzo se aproximando, ela correu.

Almanzo chamou Royal aos gritos. Eles perseguiram Lucy ao redor da casa, em volta de arbustos e canteiros, pelo jardim inteiro, mas ela fugia, esquivava-se, desviava, encolhia-se e corria feito louca, o tempo todo sem emitir um único grunhido; não conseguia, pois sua boca estava cheia de caramelo.

Lucy passou por entre as pernas de Royal, que se desequilibrou. Almanzo quase a agarrou, mas caiu de cara no chão. Ela corria no meio da plantação de ervilhas, esmagava os tomates maduros e arrancava os pés de repolho da terra. Eliza Jane não parava de gritar para Royal e Almanzo a pegarem. Alice também corria atrás dos irmãos, tentando ajudar.

Por fim conseguiram encurralá-la. Ela ainda tentou fugir por baixo da saia de Alice, mas Almanzo pulou em cima dela. Lucy se debateu e rasgou toda a frente da camisa dele, mas ele a imobilizou. Alice segurou as pernas traseiras dela, e Royal abriu-lhe a boca à força para puxar o caramelo para fora.

E como Lucy berrou nessa hora! Berrou tudo o que não pudera berrar durante a noite e enquanto era perseguida pelas crianças, e seguiu berrando para o cercado.

– Almanzo James Wilder, olhe para você! – Eliza Jane repreendeu.

Mas Almanzo não queria olhar nada. Até mesmo Alice estava horrorizada por ele ter desperdiçado caramelo com um porco. E a camisa dele estava arruinada; poderia ser remendada, mas o remendo ficaria visível.

– Eu não ligo – ele resmungou. Estava contente porque faltava uma semana inteira antes que a mãe soubesse do acontecido.

Naquele dia, eles fizeram sorvete outra vez e comeram junto com o último bolo. Alice disse que sabia fazer bolo simples. Disse que faria um e que depois iria se sentar na sala.

– Não vai, não, Alice – disse Eliza Jane. – Você sabe muito bem que a sala é só para quando temos visitas.

Almanzo pensou que a sala não era de Eliza Jane, e a mãe não havia dito que ela não poderia se sentar lá. Achava que Alice podia sentar-se na sala se quisesse.

Naquela tarde, ele entrou na cozinha para ver se o bolo estava pronto. Alice estava tirando a forma do forno. O cheiro era tão bom que ele partiu um cantinho para provar. Alice cortou uma fatia para disfarçar o canto quebrado, e eles comeram outras duas fatias com o que sobrara do sorvete.

– Eu posso fazer mais sorvete – anunciou Alice.

Eliza Jane estava no andar de cima, e Almanzo disse:

– Vamos para a sala.

E foram, pé ante pé, sem fazer barulho. A sala estava na penumbra, com as cortinas fechadas, mas era uma sala muito bonita. O papel de parede era branco e dourado, e o carpete tinha sido tecido pela própria mãe, de tão boa qualidade que dava pena de pisar. A mesinha de centro tinha tampo de mármore, e sobre ela ficava a luz da sala, uma luminária de porcelana branca e dourada pintada com rosas. Ao lado ficava o álbum de fotografias, com capa de veludo vermelho e madrepérola.

Encostadas às paredes, em toda a volta, havia solenes cadeiras de crina, e o retrato de George Washington olhava com ar severo de sua moldura entre as janelas.

Alice ergueu as saias para trás e sentou-se no sofá. O material escorregadio de crina a fez escorregar diretamente para o chão. Ela não se atrevia a rir alto, com medo de que Eliza Jane escutasse. Sentou-se novamente e mais uma vez escorregou. Então Almanzo escorregou de uma cadeira.

Quando recebiam visitas e tinham de se sentar na sala, eles apoiavam a ponta dos pés no chão para não escorregar. Mas agora podiam escorregar à vontade. Ficaram escorregando do sofá e das cadeiras até Alice rir tanto que não conseguia mais brincar.

Então eles foram olhar as conchas, o coral e os bibelôs de porcelana em cima do móvel. Não tocaram em nada. Ficaram olhando até ouvirem Eliza Jane descendo a escada. Saíram correndo pé ante pé da sala e fecharam a porta sem fazer ruído. Eliza Jane não percebeu a presença deles.

Parecia que a semana não acabaria nunca, mas de repente passou. Certo dia pela manhã, na hora do desjejum, Eliza Jane disse:

– Papai e mamãe vão chegar amanhã.

Todos pararam de comer. O jardim não tinha sido limpo. Os feijões e as ervilhas não tinham sido colhidos, e por isso as vagens estavam amadurecendo rápido demais. O galinheiro não tinha sido caiado, como eles deveriam ter feito.

– A casa está uma bagunça – disse Eliza Jane. – E hoje temos que fazer manteiga. O que vou dizer à mamãe? O açúcar acabou!

Ninguém comeu mais nada. Espiaram para dentro do barril de açúcar e podiam enxergar o fundo.

Alice foi a única que tentou parecer animada.

– Vamos esperar pelo melhor – falou, imitando o jeito da mãe. – Ainda tem *um pouco* de açúcar sobrando. Mamãe disse "Não comam *todo* o açúcar", e não comemos. Ainda tem um pouco nas beiradas.

Isto foi apenas o começo daquele dia difícil.

Os quatro irmãos se puseram a trabalhar com afinco. Royal e Almanzo capinaram o jardim, caiaram o galinheiro, limparam as baias das vacas e varreram o chão do estábulo sul. As meninas varreram e limparam a casa. Eliza Jane pôs Almanzo para bater a nata até virar manteiga, depois, com agilidade, lavou, salgou, comprimiu a manteiga em cubos e os embalou. Havia somente pão, manteiga e geleia para o almoço, embora Almanzo estivesse faminto.

– Almanzo, agora você dá lustro no aquecedor – decretou Eliza Jane.

Almanzo detestava polir o fogão, mas esperava que pelo menos Eliza Jane não contasse à mãe que ele tinha desperdiçado caramelo com a porquinha. Pegou a graxa e a escova e foi esfregar o fogão.

Eliza Jane não parava de apressá-lo e atormentá-lo.

– Cuidado para não entornar a graxa – avisou, enquanto passava o espanador em toda parte.

Almanzo achava que era perfeitamente capaz de não entornar a graxa sem precisar ser advertido, mas não disse nada.

– Use menos água, Almanzo. E, pelo amor de Deus, esfregue com mais força!

Ele continuou calado.

Eliza Jane foi espanar os móveis da sala, e dali a pouco perguntou, quase aos gritos:

– Almanzo, já terminou?

– Não! – respondeu Almanzo.

– Mas, Senhor... que moleza é essa?!

Almanzo perdeu a paciência.

– Você acha que é patroa de quem?

– Como é que é?! – retrucou Eliza Jane em tom de voz ameaçador.

– Nada – resmungou Almanzo.

Eliza Jane apareceu na porta.

– O que você disse?

Almanzo se empertigou e gritou:

– Eu disse, DE QUEM VOCÊ ACHA QUE É PATROA?!

Eliza Jane abafou uma exclamação e gritou:

– Você não perde por esperar, Almanzo James Wilder! Espere até eu contar para a mamãe...

Almanzo não planejou jogar a escova com graxa em cima da irmã. Sua mão agiu por vontade própria, e a escova passou voando pela cabeça de Eliza Jane, indo se espatifar na parede da sala. Uma grande mancha escura apareceu no papel branco e dourado.

Alice gritou. Almanzo deu meia-volta e correu até o celeiro. Subiu no monte de feno e engatinhou até o canto. Não chorou, mas teria chorado se não tivesse quase dez anos de idade.

A mãe voltaria para casa e descobriria que ele arruinara sua linda sala de estar. O pai o levaria para o barracão e lhe daria uma surra de chicote. Ele não queria sair do monte de feno nunca mais; queria poder ficar ali para sempre.

Depois de um longo tempo, Royal entrou no celeiro e o chamou. Almanzo engatinhou para fora e, ao olhar para Royal, percebeu que ele sabia.

– Rapaz, você vai levar uma surra daquelas – disse Royal.

Royal estava com pena de Almanzo, mas não podia fazer nada. Ambos sabiam que Almanzo merecia apanhar, e não havia como evitar que o pai ficasse sabendo.

– Eu não ligo – Almanzo murmurou.

Ele ajudou a cuidar dos animais e depois jantou. Não estava com fome, mas comeu para mostrar a Eliza Jane que não estava com medo. Depois foi se deitar. A porta da sala estava fechada, mas ele sabia qual era o aspecto da parede branca e dourada com a mancha de graxa.

No dia seguinte, o coche entrou no pátio, trazendo os pais de Almanzo. Ele não teve escolha senão ir ao encontro deles para recebê-los, junto com os irmãos.

– Não fique assim – Alice sussurrou. – Talvez eles nem se importem. Mas, apesar das palavras tranquilizadoras, ela tinha um ar preocupado.

– Bem, chegamos! – exclamou o pai alegremente. – Correu tudo bem por aqui?

– Sim, papai – respondeu Royal.

Almanzo não foi desatrelar os cavalos; voltou para dentro de casa. A mãe andava de um lado para outro, olhando tudo enquanto desamarrava o laço do chapéu.

– Muito bem, Eliza Jane e Alice – disse ela –, vocês cuidaram da casa tão bem quanto eu.

– Mamãe – murmurou Alice, hesitante. – Ma-mãe...

– O que foi, filha?

– Mamãe... – Alice criou coragem. – A senhora disse para não comermos *todo* o açúcar... Nós... comemos *quase* todo...

A mãe riu.

– Vocês se comportaram tão bem que não vou ficar brava por causa do açúcar – a mãe respondeu.

Claro que ela ainda não sabia da mancha no papel de parede da sala. A porta estava fechada. Ela não viu naquele dia, nem no dia seguinte. Almanzo mal conseguia engolir a comida nas refeições, e a mãe ficou preocupada. Levou-o até a despensa e o fez engolir uma colherada daquele remédio horrível, um líquido preto que ela costumava fazer com raízes e ervas.

Ele não queria que ela descobrisse a mancha na parede da sala, e por outro lado queria que ela soubesse logo, para ver-se livre daquela angústia.

No final do segundo dia, eles ouviram um coche entrando no pátio. Eram o senhor e a senhora Webb. Os pais de Almanzo saíram para recebê-los, e no minuto seguinte estavam todos na sala de jantar. Almanzo ouviu a mãe dizer:

– Vamos nos sentar na sala!

Ele não conseguia se mover; também não conseguia falar. Aquilo era pior que tudo o que ele imaginara. Sua mãe tinha tanto orgulho da linda sala, sempre limpa e arrumada! Não fazia ideia de que ele a arruinara, e agora ia levar as visitas para lá. Todos veriam a enorme mancha escura na parede.

A mãe abriu a porta e entrou. A senhora Webb entrou atrás dela, depois o senhor Webb e o pai. Almanzo só via as costas dos adultos, mas escutou as cortinas sendo puxadas. A claridade inundou a sala. Pareceu a ele que um longo tempo se passou antes que alguém falasse.

Até que, por fim, a mãe disse:

– Sente-se nesta poltrona, senhor Webb, fique à vontade. Senhora Webb, sente-se aqui no sofá.

Almanzo estava intrigado.

– Sua sala é linda! – exclamou a senhora Webb. – Dá até pena de usar...

Nesse instante, Almanzo olhou para o local onde a escova atingira a parede e não conseguiu acreditar. O papel de parede estava imaculado, branco e dourado, sem mancha alguma.

A mãe o viu e o chamou:

– Venha, Almanzo.

Ele entrou na sala. Sentou-se muito empertigado em uma das cadeiras e pressionou a ponta dos pés no chão para não escorregar. O pai e a mãe estavam contando sobre a visita ao tio Andrew. Ele olhou disfarçadamente para a parede, e não havia mancha em lugar algum.

– A senhora não ficou preocupada de deixar as crianças sozinhas? – perguntou a senhora Webb.

– Não – respondeu a mãe, orgulhosa. – Eu sabia que elas iriam tomar conta de tudo do jeito que James e eu tomaríamos se estivéssemos aqui.

Almanzo lembrou-se de ter bons modos e não disse uma palavra.

No dia seguinte, quando ninguém estava vendo, ele foi até a sala de estar. Examinou cuidadosamente o local onde antes estava a mancha. Então viu que o papel de parede estava remendado. O remendo havia sido cuidadosamente recortado, seguindo os padrões da estampa, e colado com capricho, de tal modo que estava quase invisível.

Ele esperou uma chance de falar com Eliza Jane a sós e então perguntou:

– Eliza Jane, você arrumou o papel de parede na sala?

– Sim – disse ela. – Peguei os pedaços que sobraram e que estavam guardados no sótão, cortei um de maneira a juntar certinho com a estampa e colei com cola de farinha.

Almanzo mudou o peso de um pé para o outro, desajeitado.

– Desculpe por ter jogado a escova em você, Eliza Jane... – murmurou. – Juro que eu não queria ter feito aquilo.

– A culpa foi minha; eu estava sendo implicante – disse ela. – Mas não foi por querer. Você é o único irmãozinho caçula que eu tenho.

Almanzo nunca tivera noção antes de quanto gostava de Eliza Jane.

Eles nunca, nunca contaram sobre a mancha na parede da sala, e a mãe nunca ficou sabendo.

Colheita precoce

Estava na época de cortar o feno. O pai de Almanzo pegou as foices, e Almanzo virou a pedra de amolar com uma das mãos e ficou jogando água com a outra, devagarinho, enquanto o pai raspava com cuidado as lâminas de aço na pedra. A água evitava que as foices esquentassem demais, enquanto a pedra tornava as lâminas finas e cortantes.

Em seguida, Almanzo atravessou o bosque até as choupanas dos franceses e pediu a Joe Francês e John Preguiçoso que fossem trabalhar na manhã seguinte.

Assim que o calor do sol secou o orvalho nas pradarias, o pai de Almanzo, Joe e John começaram a cortar o feno. Eles andavam lado a lado, golpeando o mato alto com as foices, e os ramos emplumados caíam em abundância.

Swish! Swish! Swish! O som sibilante das foices cortava o ar, enquanto Almanzo, Pierre e Louis iam atrás, espalhando os maços de feno com ancinhos para que secassem por igual sob o sol. O solo estava macio sob seus pés descalços, com todo aquele feno espalhado. Os pássaros voejavam em volta do grupo, e de vez em quando uma lebre aparecia saltando por entre a vegetação. Mais no alto, as cotovias cantavam alegremente.

O sol estava esquentando rápido. O cheiro de feno estava cada vez mais forte e doce. Ondas de calor subiam do solo, Almanzo sentia os braços queimar, e o suor escorria de sua testa. Os homens pararam para colocar folhas verdes na coroa dos chapéus, e os meninos fizeram o mesmo. Por algum tempo, as folhagens proporcionaram uma sensação de frescor sobre a cabeça.

No meio da manhã, a mãe de Almanzo tocou a corneta do almoço. Almanzo sabia o que aquilo significava. Espetou seu forcado na terra e atravessou o campo correndo em direção à casa. A mãe o esperava no alpendre dos fundos com um vasilhame de leite cheio de gemada gelada.

A gemada era feita com leite, nata, ovos e açúcar. A superfície era apetitosamente espumosa, e a gemada estava tão geladinha que o vasilhame estava salpicado de gotículas de água.

Almanzo voltou devagar para o campo, levando o vasilhame pesado e uma concha. Pensou com seus botões que o vasilhame estava cheio demais e que um pouco da gemada poderia entornar. Sua mãe sempre dizia que era pecado desperdiçar qualquer tipo de alimento, e ele estava convencido de que seria pecado deixar a gemada derramar, mesmo que só um pouquinho. Precisava fazer algo a respeito. Então colocou o vasilhame no chão, mergulhou a concha na gemada e bebeu. O líquido cremoso desceu suavemente por sua garganta, refrescando-o por dentro.

Quando ele chegou ao campo, todos fizeram uma pausa no trabalho. Foram para a sombra de um carvalho, afastaram o chapéu para trás e foram passando a concha de um para o outro e bebendo a gemada até acabar. Almanzo sentiu-se satisfeito. Até a brisa parecia mais fresca agora, e John Preguiçoso exclamou, limpando a espuma do bigode:

– Ah! Isso renova as energias de uma pessoa!

Os homens afiaram suas foices, produzindo um som agudo com o atrito das lâminas na pedra de amolar, e retomaram o trabalho com entusiasmo redobrado. O pai de Almanzo sempre afirmava que um homem podia fazer seu trabalho de doze horas render muito mais se fizesse uma pausa para descansar e bebesse uma boa porção de gemada, de manhã e à tarde.

Todos trabalharam no campo de feno enquanto havia claridade suficiente para ver o que estavam fazendo. As tarefas com os animais foram realizadas mais tarde naquele dia, à luz da lamparina.

Na manhã seguinte, o feno estava seco, e os meninos o juntaram em pequenos montes com ancinhos de madeira que o pai de Almanzo havia fabricado. Depois Joe e John foram cortar mais feno, com Pierre e Louis indo atrás para espalhar. Mas Almanzo ficou ajudando no celeiro.

O pai levou a carroça carregada para o celeiro, e ele e Royal iam colocando o feno dentro do recipiente gradeado, enquanto Almanzo calcava bem. Ele corria de um lado para outro sobre o monte de aroma adocicado, empurrando, juntando e calcando, no mesmo ritmo em que o pai e o irmão trabalhavam.

Quando o recipiente ficou cheio, ele estava lá em cima, no alto do monte. E ali ficou, deitado de bruços e balançando as pernas enquanto o pai transportava o feno para o celeiro maior. O monte de feno se espremeu ao passar pelo portão alto, e Almanzo escorregou lentamente para o chão.

O pai e Royal jogaram o feno no canto do celeiro, enquanto Almanzo levava o jarro para o poço. Ele bombeou a água, bebeu com a mão em concha, depois encheu o jarro e levou para o pai e o irmão, antes de ir encher novamente. Depois voltou no grande engradado vazio dentro da carroça e todo o processo se repetiu, para um novo carregamento.

Almanzo gostava de cortar e estocar o feno. Desde de manhã até de noite, ele ficava ocupado, sempre fazendo coisas diferentes. Era como uma brincadeira, e havia gemada de manhã e à tarde. Mas, depois de três semanas colhendo feno, os depósitos ficaram cheios, e a pradaria ficou vazia. E então vinha a época agitada da colheita.

Os pés de aveia estavam maduros, altos, espessos e amarelos. O trigo estava dourado, mais escuro que a aveia. O feijão estava maduro, e os nabos, rabanetes, abóboras, cenouras e batatas estavam prontos para ser colhidos.

Nessa altura não havia mais descanso nem brincadeira para ninguém. Todos trabalhavam desde antes de o sol nascer até depois que escurecia. A mãe e as irmãs de Almanzo faziam conservas de pepino, de tomate verde e de casca de melancia; deixavam secar milho e maçãs e faziam compotas.

Tudo tinha de ser aproveitado, até os miolos das maçãs eram usados para fazer vinagre, e um feixe de palha de aveia estava de molho em uma bacia no alpendre dos fundos. Sempre que a mãe tinha um tempinho, ela trançava alguns centímetros de palha para depois fazer os chapéus para o verão seguinte.

A aveia não era cortada com foice, e sim com uma espécie de ancinho que tinha lâminas para cortar os caules, mas também longos dentes de madeira que os seguravam. Depois que cortavam o suficiente para um feixe, Joe e John raspavam os dentes do ancinho e formavam pilhas uniformes. O pai, Royal e Almanzo iam atrás, amarrando os feixes um por um.

Almanzo nunca tinha amarrado um feixe de aveia. O pai lhe ensinou como juntar dois punhados de caules em uma tira comprida e depois a juntar as espigas, amarrar bem apertado no meio e dar um nó.

Em pouco tempo, ele já conseguia amarrar um feixe direitinho, embora não muito rápido. Seu pai e Royal amarravam os feixes de aveia no mesmo ritmo com que eram cortados.

Um pouco antes do pôr do sol, eles paravam de cortar a aveia, e todos ajudavam a amarrar os feixes, para que estivesse tudo pronto antes de escurecer, pois a aveia colhida estragaria se ficasse exposta ao sereno até o dia seguinte.

Almanzo sabia amarrar os feixes muito bem. Ele colocava dez feixes na posição vertical, com todas as espigas viradas para cima. Depois colocava mais dois feixes em cima para formar um telhado para os dez de baixo. Os feixes ficavam parecendo pequenas cabanas de índios espalhadas pelo campo.

O campo de trigo estava à espera, não havia tempo a perder. Assim que os feixes de aveia estavam prontos, eles se apressaram a ir fazer o mesmo com o trigo. Era mais difícil, porque o trigo era mais pesado que a aveia, mas Almanzo se dedicava com afinco e se esforçava para fazer o melhor possível. Depois era a vez das ervilhas, que eram bem emaranhadas, e depois, do feijão. Alice ajudava conforme podia. O pai levou as estacas de feijão para o campo e fincou-as no solo, depois ele e Royal levaram os feixes prontos para os celeiros, enquanto Almanzo e Alice colhiam o feijão.

Primeiro eles colocavam pedras em volta das estacas para tirar as vagens do solo, depois puxavam com as duas mãos, a quantidade que conseguiam. Então eles levavam as vagens para as estacas e colocavam as raízes junto delas, espalhando as ramas sobre as pedras.

Eles empilhavam camada após camada em torno de cada estaca. As raízes eram maiores do que as ramas, então a pilha crescia mais no meio, com as vagens penduradas ao redor. Depois que as raízes estavam empilhadas sobre as estacas, Almanzo e Alice colocavam as ramas por cima, formando um pequeno telhado para proteger da chuva. E assim iam procedendo, uma estaca após a outra.

As estacas eram da altura de Almanzo, e as ramas ficavam em volta delas, como as saias armadas de Alice.

Certo dia, quando Almanzo e Alice foram para casa almoçar, o comprador de manteiga estava lá. Ele vinha todos os anos da cidade de Nova York, usava roupas finas da cidade, relógio com corrente de ouro, e possuía uma bela parelha de cavalos. Todo mundo gostava dele, e a hora do almoço era divertida quando ele estava lá. Ele trazia todas as notícias sobre política, moda e preços da cidade de Nova York.

Depois do almoço, Almanzo voltou para trabalhar no campo, mas Alice ficou para ver a mãe vender a manteiga.

O comprador desceu até o porão, onde os recipientes de manteiga estavam cobertos com panos brancos limpos. A mãe os afastou, e o comprador de manteiga enfiou um tubo de aço na manteiga, até o fundo, para testar.

O tubo era oco, com uma abertura na lateral. Quando ele o retirou, uma amostra da manteiga preenchia a abertura.

A mãe de Almanzo não regateava.

– Minha manteiga fala por si – disse, orgulhosamente.

Nenhuma das amostras continha uma única irregularidade. De cima a baixo, a manteiga estava firme e dourada.

Almanzo viu o comprador de manteiga ir embora, e Alice veio saltitando para o campo de feijão, balançando a touca pelas fitas.

– Adivinhe o que aconteceu! – ela exclamou.

– O quê? – perguntou Almanzo.

– O comprador disse que a manteiga da mamãe é a melhor que ele já viu! E ele pagou... adivinhe quanto! Um dólar... por quilo!

Almanzo estava atônito. Nunca ouvira falar desse preço para manteiga.

– Ela tinha duzentos e cinquenta quilos! – Alice exclamou. – Ele pagou todo esse dinheiro, e ela já está atrelando os cavalos para levar para o banco.

Logo a mãe partiu, usando sua segunda melhor touca e seu vestido preto de bombazina. Estava saindo de casa no meio da tarde para ir à cidade, em um dia de semana e em época de colheita. Ela nunca fizera isso antes. Mas o pai de Almanzo estava ocupado no campo, e ela não ficaria com aquele dinheiro todo em casa até o dia seguinte.

Almanzo estava orgulhoso. Sua mãe era, muito provavelmente, a melhor fabricante de manteiga de todo o estado de Nova York. As pessoas em Nova York iriam consumir a manteiga e comentar entre si como era boa e perguntar-se quem a teria feito.

Colheita tardia

A lua cheia brilhava, redonda e amarela, acima dos campos, e o ar já estava mais frio à noite. Todo o milho havia sido cortado e empilhado. O luar lançava sombras escuras no solo onde as abóboras estavam espalhadas sobre suas folhas.

A abóbora que Almanzo cultivava com leite estava enorme. Ele a cortou cuidadosamente do pé, mas não conseguiu levantá-la; não conseguiu nem mesmo empurrá-la. O pai a colocou na carroça e, com todo o cuidado, levou-a para o celeiro e a colocou sobre um monte de feno para esperar o dia da Feira do Condado.

Almanzo empurrou as outras abóboras até juntar todas, e o pai as levou para o celeiro. As melhores foram guardadas no porão para fazer tortas de abóbora, e as demais foram empilhadas no chão do estábulo sul. Todas as noites Almanzo cortava alguns pedaços com um machado e oferecia às vacas, bois e bezerros.

As maçãs estavam maduras. Almanzo, Royal e o pai colocaram escadas de madeira contra as árvores e subiram até as copas frondosas. Colheram com cuidado cada uma das maçãs que estavam boas e as colocaram em um cesto. Depois o pai levou os cestos na carroça até a casa, e Almanzo ajudou a carregar os cestos para o porão e arrumou caprichosamente as maçãs nos recipientes apropriados. Nenhuma maçã foi machucada ou raspada, pois qualquer arranhão em uma maçã poderia fazer com que se estragasse, e uma maçã estragada estragaria as outras.

O cheirinho de maçãs e compotas, típico do inverno, começava a impregnar o porão. Os vasilhames de leite tinham sido levados para a despensa, para esperar a primavera.

Depois que todas as maçãs boas tinham sido colhidas, Almanzo e Royal podiam sacudir as árvores. Era divertido! Eles sacudiam as árvores com toda a força, e as maçãs caíam aos montes. Então as recolhiam e as levavam para a carroça; eram maçãs que serviam apenas para fazer sidra, mas Almanzo dava uma mordida em uma ou outra de vez em quando.

Era também a época de colher as hortaliças. O pai levava as maçãs para o moinho de sidra, mas Almanzo tinha que ir para a horta para colher beterrabas, nabos e rabanetes e levá-los para o porão. Ele arrancava as cebolas, e Alice trançava as pontas compridas para depois a mãe pendurar no sótão. Almanzo colhia as pimentas, e Alice, com uma agulha, as enfiava em um cordão, como contas em um colar, que também era pendurado ao lado das cebolas.

Naquela noite, o pai voltou para casa com dois barris grandes de sidra e rolou-os escada abaixo até o porão. Havia sidra suficiente para durar até a próxima colheita de maçãs.

Na manhã seguinte, soprava um vento frio, e nuvens de tempestade se acumulavam no céu cinzento. O pai de Almanzo parecia preocupado. As cenouras e as batatas precisavam ser colhidas o quanto antes. Almanzo calçou as meias e os mocassins, colocou o gorro, o casaco e as luvas, e Alice vestiu o xale e o capuz, para ir ajudar.

O pai atrelou Bess e Beauty ao arado e abriu uma vala dos dois lados das longas fileiras de cenouras, o que fez com que elas ficassem em uma pequena elevação de terra e, portanto, mais fácil de serem colhidas. Almanzo e Alice as arrancaram o mais rápido que conseguiram, e Royal cortava as ramas antes de jogá-las na carroça. O pai levou-as para casa e colocou-as em uma calha que levava diretamente para os cestos no porão.

As sementinhas vermelhas que Almanzo e Alice haviam plantado tinham crescido e se transformado em centenas de cenouras. Havia o suficiente para a mãe cozinhar quantas quisesse, e os cavalos e vacas tinham cenouras para comer durante o inverno inteiro.

John Preguiçoso apareceu para ajudar com a colheita das batatas. Ele e o pai de Almanzo desenterraram as batatas com enxadas, e Alice e Almanzo as recolhiam e colocavam em cestas, para levar até a carroça e ali descarregar. Royal deixava uma carroça vazia na plantação enquanto levava a cheia para casa e desepejava as batatas dentro dos respectivos cestos, pela janela do porão. Enquanto ele fazia isso, Almanzo e Alice se apressavam a encher a outra carroça. Eles mal pararam para almoçar, trabalharam até depois de o sol se pôr e ficar escuro demais para enxergar. Se não colhessem todas as batatas antes de o solo congelar, o trabalho de um ano inteiro na plantação de batatas estaria perdido. O pai teria que comprar batatas.

– Nunca vi esse tempo nesta época do ano – disse o pai.

Logo cedo, antes de o sol nascer, eles já estavam trabalhando outra vez. Mas o sol acabou não aparecendo; o céu ficou encoberto por nuvens cinzentas e carregadas. O solo estava frio, as batatas estavam frias, e um vento cortante trazia partículas de poeira que entravam nos olhos de Almanzo. Ele e Alice estavam com sono. Tentavam ser rápidos, mas seus dedos estavam dormentes por causa do frio, e eles deixavam as batatas cair.

– Meu nariz está congelando – disse Alice. – Por que não temos protetor de nariz, do mesmo jeito que temos protetores de orelhas?

Almanzo disse ao pai que eles estavam com frio, e o pai respondeu:

– Trabalhem mais rápido, filho. O exercício manterá vocês aquecidos.

Almanzo e Alice tentaram, mas estavam endurecidos de frio e não conseguiam se mexer com agilidade. Quando o pai passou cavando novamente perto deles, ele disse:

– Faça uma fogueira com as batatas secas, Almanzo, para vocês se aquecerem.

Então Alice e Almanzo juntaram uma pilha de ramas secas, e o pai deu a Almanzo um fósforo para acender o fogo. A pequena chama se alastrou para as folhagens ao redor, depois crepitou para o alto com um chiado alto. Parecia que o campo inteiro tinha ficado mais quente.

Por um longo tempo eles trabalharam com afinco. Toda vez que Almanzo sentia frio, ele corria e juntava mais ramas secas na fogueira. Alice estendia as mãos para perto do fogo para aquecê-las, e as chamas se refletiam no rosto dela como raios de sol.

– Estou com fome – disse Almanzo.

– Eu também – disse Alice. – Deve estar quase na hora do almoço.

Almanzo não sabia dizer ao certo, porque não havia sol para ajudar a calcular as horas. Eles continuaram trabalhando, e trabalhando, mas não ouviam o toque da corneta avisando que o almoço estava pronto. Almanzo não aguentava mais de tanta fome.

– Antes de chegarmos ao final desta fileira, a corneta vai tocar – disse ele para Alice.

Mas não tocou. Almanzo achou que devia haver algum problema com a corneta e disse para o pai:

– Acho que está na hora do almoço.

John riu, e o pai falou:

– Não estamos nem no meio da manhã ainda, filho.

Almanzo continuou colhendo as batatas, até que o pai sugeriu:

– Coloque uma batata nas brasas, Almanzo, vai ajudar você a enganar a fome.

Almanzo colocou duas batatas grandes sobre as brasas ao lado do fogo, uma para ele e uma para Alice. Jogou cinzas quentes por cima e sentou-se. Sabia que tinha que retomar o trabalho, mas ficou ali, sentindo o calor agradável enquanto esperava que as batatas assassem. Não se sentia inteiramente confortável em sua mente, mas fisicamente sentia-se aquecido e disse para si mesmo:

– Tenho que ficar vigiando as batatas.

Sentia-se mal porque tinha deixado Alice trabalhando sozinha, mas pensou: "Estou assando batatas para ela também".

De repente ele ouviu um som sibilante, e alguma coisa bateu em seu rosto, algo muito quente. Ele gritou de dor e não conseguia enxergar.

Ouviu outros gritos e passos apressados. Duas mãos grandes e fortes afastaram as dele de seu rosto e inclinaram sua cabeça para trás. John Preguiçoso falava em francês, e Alice chorava.

– Ah, papai! Papai!

– Abra os olhos, filho – disse o pai.

Almanzo tentou, mas só conseguiu abrir um olho. Com o polegar, o pai levantou a outra pálpebra, mas doeu muito.

– Está tudo bem – disse o pai. – O olho não está ferido.

Uma das batatas tinha estourado, e a polpa escaldante atingira o rosto de Almanzo. Mas ele fechara os olhos a tempo, e somente a pálpebra e um lado da face tinham queimado.

O pai amarrou seu lenço sobre o olho de Almanzo e voltou com John Preguiçoso para o trabalho.

Almanzo não sabia que algo podia doer tanto como aquela queimadura. Mas disse para Alice que não estava doendo… não muito. Pegou um galho e afastou a outra batata do meio das cinzas.

– Acho que esta é a sua batata. – Ele fungou. Não estava chorando, mas o olho lacrimejava sem parar.

– Não, é a sua – disse Alice. – Foi a minha batata que explodiu.

– Como você sabe? – perguntou Almanzo.

– Essa é sua, porque você está machucado, e eu não estou com fome, pelo menos não muita – respondeu ela.

– Você está com tanta fome quanto eu! – disse Almanzo. Não aguentava mais ser egoísta. – Você come metade, e eu como metade.

A batata estava preta por fora, mas por dentro estava clarinha e macia como um purê, com um cheirinho delicioso de batata assada.

Eles esperaram um pouco para que esfriasse e depois comeram a polpa, raspando até o fundo, e foi a melhor batata que já tinham comido na vida. Sentiram-se melhor e voltaram ao trabalho.

Uma bolha formou-se no rosto de Almanzo, e seu olho estava inchado. Quando foram para casa almoçar, a mãe fez um curativo com gaze e pomada, e à noite trocou o curativo. No dia seguinte já não doía tanto.

No final do terceiro dia, assim que escureceu, Almanzo e Alice levaram o último carregamento de batatas para casa.

O tempo estava esfriando rapidamente. O pai armazenou as batatas no porão à luz de uma lamparina, enquanto Royal e Almanzo cuidavam dos animais.

As batatas tinham sido salvas por um triz; naquela noite, o solo congelou.

– Foi por pouco, mas pelo menos conseguiram – disse a mãe, mas o pai balançou a cabeça.

– Por pouco demais para o meu gosto – ele disse. – Logo começará a nevar. Teremos de nos apressar para cobrir o feijão e o milho.

Ele colocou o porta-feno na carroça, e Royal e Almanzo o ajudaram a transportar o feijão. Realizaram a tarefa com cuidado, para evitar que as vagens se rompessem e os feijões fossem desperdiçados.

Depois que empilharam todo o feijão no estábulo sul, eles carregaram para lá os feixes de milho. A colheita tinha sido tão boa que não haveria espaço para tudo nos celeiros. Boa parte do milho teve de ficar no pátio, e o pai de Almanzo construiu uma cerca ao redor para que os animais mais novos não comessem.

A colheita estava feita. Sótão, porão e celeiros estavam lotados. Havia alimento suficiente – também para os animais – para o inverno inteiro.

Todos podiam fazer uma pausa no trabalho e divertir-se na Feira do Condado.

Feira do Condado

Bem cedo na manhã gelada, todos partiram para a feira, vestidos em suas melhores roupas, exceto a mãe de Almanzo. Ela usava sua segunda melhor roupa e um avental por cima, pois iria ajudar com o almoço da igreja.

Embaixo do banco traseiro do coche estava a caixa com geleias, picles e conservas que Eliza Jane e Alice haviam feito para levar à feira. Alice também estava levando seu bordado de lã.

A abóbora que Almanzo cultivara com leite havia ido na véspera; era muito grande para caber no coche. Almanzo tinha dado lustro nela, com todo o capricho, o pai a colocara dentro da carroça sobre uma pilha macia de feno, e eles a levaram para o local da feira e a entregaram ao senhor Paddock, que era o encarregado dessa parte.

Naquela manhã, as estradas estavam movimentadas com as pessoas e coches que iam para a feira, e em Malone a multidão era ainda maior do que no Dia da Independência. Em toda parte na região da feira havia inúmeros coches e carroças e uma grande concentração de pessoas. As bandeiras tremulavam, e a banda tocava.

A mãe de Almanzo, Royal e as meninas desceram do coche no local da feira, mas Almanzo continuou com o pai até os toldos no terreno da igreja e ajudou a desatrelar os cavalos. Estava tudo muito cheio, e nas calçadas grupos de pessoas usando suas melhores roupas caminhavam para a feira, enquanto os coches subiam e desciam a rua, levantando nuvens de poeira.

– Bem, filho – disse o pai de Almanzo –, o que vamos fazer primeiro?

– Eu quero ver os cavalos – Almanzo respondeu.

Então o pai disse que eles iriam ver os cavalos primeiro.

O sol estava a pino, e o dia estava claro e com temperatura agradável. A cada minuto chegava mais gente, em meio a um burburinho de vozes, e a banda tocava alegremente. Coches iam e vinham, os senhores paravam para falar com o pai de Almanzo, havia jovens por toda parte. Frank passou por eles com um grupo de rapazes da cidade, e Almanzo viu Miles Lewis e Aaron Webb. Mas ficou o tempo todo com o pai.

Passaram devagar por trás da alta tribuna e pela construção baixa e comprida onde funcionavam a cozinha da igreja e o salão de refeições. Do interior vinham o tilintar de pratos e panelas e o som de vozes das mulheres. A mãe e as irmãs de Almanzo estavam em algum lugar lá dentro.

A seguir vinha uma fileira de barracas, estandes e tendas, alegremente enfeitados com bandeirolas e figuras coloridas, e os homens gritavam:

– Por aqui, amigos, apenas dez centavos, a décima parte de um dólar!

– Laranjas, doces laranjas da Flórida!

– Cura todos os males de homens e animais!

– Prêmios para todos!

– Última chamada, jovens, façam suas apostas!

Uma das barracas era uma floresta de bengalas com listras pretas e brancas. Quem conseguisse acertar uma argola em uma bengala ganhava a bengala como prenda.

Havia pilhas de laranjas, tabuleiros de pães e jarros de limonada rosa. Um homem de fraque e cartola brilhante colocava uma ervilha embaixo de uma concha, e quem adivinhasse em qual concha a ervilha estava ganhava um prêmio em dinheiro.

– Eu sei onde está, papai! – exclamou Almanzo.

– Tem certeza? – perguntou o pai.

– Sim. – Almanzo apontou. – Está embaixo daquela.

– Bem, filho, vamos esperar e ver – disse o pai.

Nesse momento, um homem abriu caminho em meio à multidão e colocou uma nota de cinco dólares entre as conchas. Eram três. O homem apontou para a mesma concha que Almanzo havia indicado.

O homem de cartola levantou a concha. A ervilha não estava lá. No segundo seguinte, a nota de cinco dólares estava no bolso do paletó comprido do homem, e mais uma vez ele mostrou a ervilha e a colocou embaixo de outra concha.

Almanzo não conseguia entender. Ele tinha visto a ervilha embaixo daquela concha, e, no entanto, quando o homem a levantou, ela não estava lá. Ele perguntou ao pai como será que o homem tinha feito esse truque.

– Não sei, Almanzo – respondeu o pai. – Mas ele sabe. É o jogo dele. Nunca aposte seu dinheiro no jogo de outro homem.

Eles foram para as cavalariças. O solo estava muito pisado, a terra mais mole estava aparecendo, de tanta gente que passava por ali. Mas estava tudo tranquilo e silencioso nas tendas dos cavalos.

Almanzo e o pai admiraram por um longo tempo os formosos cavalos, baios, castanhos, os Morgans com suas pernas esguias e patas pequenas. Seus olhos eram doces e brilhantes. Almanzo olhou para eles com atenção e não encontrou nenhuma diferença entre eles e os potros que o pai tinha vendido no outono.

Então ele e o pai foram olhar os puros-sangues, com seus corpos mais alongados, pescoços mais finos e ancas esbeltas. Os puros-sangues estavam inquietos; suas orelhas tremiam, e o branco dos olhos aparecia. Pareciam mais velozes que os Morgans, mas não tão estáveis.

A seguir viram três grandes cavalos cinzentos, com ancas arredondadas e firmes, pescoço largo, pernas grossas e os cascos cobertos por pelos compridos. Tinham a cabeça forte e olhos mansos e gentis. Almanzo nunca havia visto nada parecido. O pai disse que eram cavalos belgas. Vinham de um país europeu chamado Bélgica. A Bélgica fazia fronteira com a França, e os franceses tinham trazido aqueles cavalos de navio para o Canadá. E agora os cavalos belgas estavam vindo do Canadá para os Estados Unidos.

O pai de Almanzo estava admirado com eles.

– Veja que músculos! – exclamou. – Eles teriam força para puxar um celeiro, se atrelados a um.

– Qual é a utilidade de um cavalo poder puxar um celeiro? – perguntou Almanzo. – Não precisamos que um celeiro seja puxado. Um Morgan tem força para puxar uma carroça e é bem veloz também para puxar um coche.

– Tem razão, filho! – o pai concordou. Olhou com expressão de pesar para os grandes cavalos e balançou a cabeça. – Seria um desperdício alimentar esses músculos e não ter utilidade para eles. Você está certo.

Almanzo sentiu-se importante e adulto, falando sobre cavalos com o pai.

Depois que passaram pelos belgas, viram um numeroso grupo de homens e rapazes reunidos em volta de uma tenda, de tal modo que nem o pai de Almanzo conseguiu enxergar o que havia lá. Almanzo largou a mão do pai e esgueirou-se por entre as pernas dos homens até chegar à grade.

Lá dentro estavam dois animais pretos. Almanzo nunca tinha visto nada parecido. Pareciam-se um pouco com cavalos, mas não eram cavalos. As caudas eram nuas, somente com um tufo de pelos na ponta; as crinas eram curtas e eriçadas, as orelhas compridas e eretas pareciam orelhas de lebre; os focinhos eram magros e alongados, e, enquanto Almanzo os observava, um deles empinou as orelhas e esticou o pescoço na direção dele.

Diante dos olhos arregalados de Almanzo, a criatura franziu o nariz e arreganhou os lábios, exibindo dentes compridos e amarelos. Almanzo ficou paralisado. Lentamente, o bicho abriu a boca, que parecia ter duzentos dentes, e relinchou alto.

– Eeeeeeeee, aaauu! Heeeeeee, hó!

Assustado, Almanzo soltou um grito e virou-se, novamente abrindo caminho por entre a multidão de volta para perto do pai. No instante seguinte, deu-se conta de que estava ao lado do pai e que todos riam dele, com exceção do pai, que estava sério.

– É só um cavalo mestiço, filho – disse o pai. – A primeira mula que você vê. E não foi só você que se assustou. – O pai olhou para a multidão ao redor.

Almanzo sentiu-se melhor quando viu os potros. Eram cavalinhos de um e dois anos de idade, os mais novinhos ao lado das mães. Almanzo os observou com atenção e por fim disse:

– Pai, eu queria...

– O quê, filho? – o pai perguntou.

– Pai, não tem aqui nenhum potro que chegue aos pés de Starlight. O senhor não poderia trazer Starlight para a feira no ano que vem?

– Bem, bem... – murmurou o pai. – Vamos ver, quando chegar a hora.

Em seguida, eles foram ver o gado. Havia Guernseys e Jerseys, de cor acastanhada, originários das ilhas com os mesmos nomes, perto da costa francesa. Viram os Devons, vermelho-escuros, e os Durhams cinzentos, da Inglaterra. Viram os potrinhos novos e os robustos bois de canga. O tempo inteiro Almanzo só pensava que, se o pai trouxesse Starlight, ela certamente ganharia um prêmio.

Depois foram ver os grandes porcos Chester White e os Berkshire, menorzinhos e pretos. A porquinha Lucy de Almanzo era uma Chester White, mas ele decidiu que um dia teria um Berkshire também. Viram as ovelhas Merinos, como as do pai, com sua pele enrugada e lã curta e fina, e também as Cotswolds, maiores, de lã mais comprida, mas áspera. O pai de Almanzo estava satisfeito com suas Merinos; preferia ter menos lã, porém de melhor qualidade, para a mãe tecer.

A essa altura já era meio-dia, e Almanzo ainda não vira sua abóbora. Mas estava com fome, então foram almoçar.

O salão da igreja já estava cheio. Todos os lugares à comprida mesa estavam ocupados, e Eliza Jane e Alice vinham apressadas da cozinha, junto com outras meninas, trazendo travessas de comida. Os aromas deliciosos fizeram Almanzo ficar com água na boca.

O pai entrou na cozinha, e Almanzo, também. Estava lotada de mulheres, que fatiavam carnes, rosbifes, presuntos, frangos assados e guarnecendo tudo com legumes. A mãe de Almanzo abriu o grande forno e tirou de lá perus e patos assados.

Encostados à parede estavam três barris com longos canos de ferro que vinham de um caldeirão de água fervente no fogão. Das fendas dos barris saía um vapor denso e contínuo. O pai de Almanzo ergueu a tampa de um deles, e uma nuvem de vapor se espalhou em volta. Almanzo espiou dentro do barril e viu que estava cheio de batatas fumegantes, com casca. As cascas se abriram em contato com o ar e se soltaram da polpa.

Por toda parte havia bolos e tortas variadas, e Almanzo estava com tanta fome que poderia comer aquilo tudo. Mas não se atrevia a pegar nem uma migalha.

Por fim, ele e o pai conseguiram sentar-se à longa mesa no salão. Todo mundo estava animado, conversando e rindo, mas Almanzo só comia. Comeu presunto, galinha e peru, com os acompanhamentos e geleia de *cranberry*; comeu batata, feijão, pão branco e de centeio, picles e compotas. Por fim respirou fundo e comeu uma fatia de torta.

Quando começou a comer a torta, ele desejou não ter comido tanto antes. Comeu torta de abóbora e de outros sabores, cada qual mais deliciosa que a outra, até não aguentar mais. Havia tortas doces também, mas ele não conseguia comer mais nada.

Algum tempo depois, ficou contente em sentar-se com o pai na tribuna. Viram os cavalos passar trotando, no aquecimento para as corridas. Royal estava com os meninos maiores no final da rua que serviria de pista de corrida, junto com os homens que faziam suas apostas.

O pai de Almanzo disse que não havia problema algum em apostar, que era uma forma de tentar ganhar algum dinheiro, mas que ele pessoalmente preferia empregar seu dinheiro em coisas mais substanciais.

A tribuna aos poucos ficou lotada de gente, com todos os lugares ocupados. Os cabriolés estavam enfileirados, e os cavalos viravam a cabeça para um lado e para outro, batendo os cascos no chão, ansiosos para começar. Almanzo estava tão agitado que mal conseguia parar quieto no lugar. Escolheu o cavalo que achou que iria vencer, um puro-sangue castanho, esbelto e formoso.

Alguém gritou. No mesmo instante os cavalos dispararam pela pista, enquanto a multidão aplaudia e ovacionava. De repente, todos ficaram em silêncio, atônitos.

Um índio vinha correndo atrás dos cabriolés, tão velozmente quanto os cavalos.

Todo mundo começou a gritar.

– Ele não vai conseguir!

– Dois dólares que vai!

– O baio! O baio! Vamos!

– Três dólares no índio!

– Olhem o alazão!

– Vai, índio!

Os cavalos pareciam voar, levantando poeira do chão. As pessoas estavam de pé nos bancos, gritando. Almanzo também gritava, a plenos pulmões. Os cavalos vinham correndo com tudo, os cascos mal tocando o chão.

– Vamos, baio, vamos!

Eles passaram tão rápido que quase não deu para ver. Atrás vinha o índio, correndo sem esforço. Na frente da tribuna ele pulou no ar, deu um salto estrela e caiu em pé, saudando os espectadores com um aceno de mão.

A tribuna estremeceu com o barulho dos gritos e das batidas de pés. Até o pai de Almanzo gritava:

– Hurrah! Hurrah!

O índio tinha corrido um quilômetro e meio em dois minutos e quarenta segundos, a mesma velocidade do cavalo vencedor, e não estava nem mesmo ofegante. Saudou mais uma vez o público e saiu da pista.

O cavalo baio havia ganhado.

Houve outras corridas, mas logo eram três horas da tarde, hora de ir embora. A volta para casa foi divertida naquele dia, porque assunto é que não faltava! Royal tinha acertado uma argola em uma bengala listrada e ganhado; Alice tinha pagado um níquel por um doce de menta, que partiu ao meio para dividir com o irmão.

Era estranha a sensação de chegar em casa na hora de cuidar dos animais e logo em seguida ir dormir. De manhã cedo no dia seguinte, eles já estavam na rua outra vez. Ainda havia dois dias de feira.

Dessa vez, Almanzo e o pai passaram rapidamente pelas baias de animais e foram ver os legumes e os grãos. Almanzo avistou as abóboras imediatamente. Elas sobressaíam, brilhantes e douradas, em meio aos demais produtos, menos vistosos. E lá estava a abóbora de Almanzo, a maior de todas.

– Não esteja tão certo de ganhar o prêmio, filho – disse o pai. – O tamanho não conta tanto quanto a qualidade.

Almanzo tentou não se empolgar demais com a ideia de ganhar o prêmio. Afastou-se das abóboras com o pai, embora não conseguisse deixar de olhar para trás, para a sua abóbora. Viu as belas batatas, beterrabas, nabos, rabanetes e cebolas. Apalpou os grãos arredondados de trigo, a aveia macia, as ervilhas e os feijões, admirou as maçarocas de milho perfeitas, e o pai observou como os grãos cresciam mais e mais juntos, nas melhores espigas, cobrindo até as pontas.

Os visitantes andavam vagarosamente de um lado para outro, olhando tudo. Sempre havia alguém admirando as abóboras, e Almanzo desejou que soubessem que a maior de todas era dele.

Depois do almoço, Almanzo apressou-se a ir assistir à avaliação. Havia mais gente agora, e às vezes ele tinha que se afastar do pai e esgueirar-se entre as pessoas para ver o que os jurados estavam fazendo. Os três jurados usavam um distintivo na lapela; pareciam muito solenes e conversavam entre si em voz baixa, para que ninguém escutasse o que diziam.

Eles sopesavam os grãos nas mãos e os examinavam atentamente. Mastigavam alguns grãos de trigo e aveia para sentir o gosto. Abriam as vagens de ervilha e de feijão e verificavam o tamanho dos grãos de milho na espiga. Com seus canivetes, cortavam as cebolas ao meio; cortavam as batatas em fatias bem finas e as seguravam contra a luz. A melhor parte de uma batata é a que fica logo sob a casca, e é possível avaliar sua consistência segurando uma fatia bem fina contra a luz.

Havia uma multidão aglomerada em volta da mesa dos jurados, observando em silêncio. Não se ouvia um som, até que por fim o jurado alto, magro e com suíças tirou do bolso uma fitinha vermelha e outra azul. A fita vermelha era o segundo prêmio, a azul era o primeiro. O jurado colocou as fitas sobre os legumes que haviam ganhado os prêmios, e um murmúrio se elevou da multidão ao redor.

Então todos começaram a falar ao mesmo tempo. Almanzo viu que as pessoas que não haviam ganhado prêmio algum, bem como o segundo colocado, cumprimentavam o vencedor. Se a sua abóbora não fosse premiada, ele teria que fazer o mesmo também. Não que quisesse, mas acreditava que era o certo a fazer.

Por fim os jurados chegaram às abóboras. Almanzo tentou parecer desinteressado, mas mal se aguentava de ansiedade.

Os jurados tiveram que esperar o senhor Paddock trazer uma grande faca afiada. O jurado maior pegou a faca e espetou-a com toda a força em uma abóbora. Forçou o cabo para baixo e cortou uma fatia grossa. Depois segurou-a no alto, e todos os jurados olharam para a polpa amarela e carnuda da abóbora. Examinaram a casca e a cavidade com as sementes. Cortaram fatias menores e provaram.

Então o jurado grandalhão cortou outra abóbora. Ele tinha começado pela menor. A multidão se comprimia, espremendo Almanzo. Ele teve que abrir a boca para respirar.

Por fim, o jurado cortou a abóbora grande de Almanzo. Ele sentiu a cabeça rodar. No interior da abóbora havia uma grande cavidade com sementes; era uma abóbora grande, com muitas sementes. A polpa era um pouco mais clara que a das outras. Almanzo não sabia se isso fazia alguma diferença. Os jurados provaram a abóbora, mas pela expressão deles não era possível saber se tinham gostado ou não.

Eles confabularam por algum tempo, mas Almanzo não conseguia ouvir o que diziam. O jurado alto e magro balançou a cabeça e alisou as suíças. Cortou uma fatia fina da abóbora mais amarela e uma da abóbora de Almanzo, partiu um pedaço de cada uma e provou. Em seguida estendeu-as para o jurado gordo, que disse alguma coisa, e todos sorriram.

O jurado alto tinha tirado as fitas vermelha e azul do bolso. Virou-se devagar, tirou um alfinete da lapela e espetou-o na fita azul. Ele estava a uma certa distância da abóbora grande de Almanzo, não perto o suficiente para alcançá-la. Segurou a fita azul acima de uma outra abóbora, depois inclinou-se, esticou o braço e espetou o alfinete na abóbora de Almanzo.

O pai de Almanzo apertou o ombro do filho. Almanzo respirou fundo e sentiu a empolgação tomar conta. O senhor Paddock deu-lhe um aperto de mão, e os jurados sorriam.

– Senhor Wilder, seu filho ganhou o primeiro prêmio! – exclamaram várias pessoas ao mesmo tempo.

– É uma bela abóbora, Almanzo – elogiou o senhor Webb. – Não me lembro de ter visto uma mais bonita.

– Eu nunca vi uma que ganhasse dessa em tamanho – disse o senhor Paddock. – Como você conseguiu isso, Almanzo?

De repente tudo parecia muito grande e silencioso. Almanzo sentiu-se pequeno e assustado, e sentiu frio. Não tinha lhe ocorrido, até então, que talvez não fosse justo ganhar o prêmio por uma abóbora cultivada a leite. Talvez o prêmio fosse para abóboras cultivadas do modo normal. Mas, se ele contasse, era possível que anulassem o prêmio, que achassem que ele tinha tentado trapacear.

Ele olhou para o pai, mas a expressão deste não revelava nada. Ele não sabia o que fazer.

– Eu... eu só... capinava em volta dela... – balbuciou, mas então compreendeu que estava mentindo. Estava mentindo na frente do pai. Almanzo ergueu o rosto para o senhor Paddock e disse: – Eu cultivei a abóbora com leite. Tem... tem algum problema?

– Nenhum – respondeu o senhor Paddock.

O pai de Almanzo riu.

– Há truques em todas as profissões, menos nas nossas, Paddock. E talvez alguns pequenos truques na lavoura e na fabricação de carroças, não é?

Então Almanzo deu-se conta de como havia sido tolo. O pai sabia tudo sobre a abóbora, e o pai não trapacearia.

Almanzo foi então, junto com o pai, andar no meio dos visitantes da feira. Viram novamente os cavalos, e o potro que havia ganhado o prêmio não era tão bom quanto Starlight. Almanzo esperava que o pai trouxesse Starlight à feira no ano seguinte. Depois assistiram às competições de atletismo – corrida, saltos e lançamentos. Os rapazes de Malone estavam participando, mas na maior parte das vezes eram os garotos das fazendas que ganhavam. Almanzo não parava de pensar em sua abóbora premiada e sentia-se muito bem com isso.

Quando voltaram para casa mais tarde, todos estavam satisfeitos. O bordado de lã de Alice também ganhara o primeiro prêmio, e no concurso de geleias Eliza Jane ganhara a fita vermelha, e Alice ganhara a azul. O pai disse que a família Wilder tinha motivos para sentir orgulho naquele dia. Houve mais um dia de feira, mas não foi tão divertido. Almanzo estava cansado, três dias eram demais. Não tinha mais disposição para se vestir outra vez e sair da fazenda. Sentia-se inquieto, como quando era sua vez de fazer faxina na casa. Ficou contente quando a feira terminou e tudo voltou ao normal.

Outono

– O vento está soprando do norte – disse o pai quando a família tomava o desjejum. – E as nuvens estão se formando. É bom irmos colher as amêndoas de faia antes que comece a nevar.

As faias ficavam no bosque, a três quilômetros pela estrada, mas a menos de um quilômetro pelos campos. O senhor Webb era um bom vizinho e deixou que o pai de Almanzo atravessasse por dentro de sua propriedade.

Almanzo e Royal vestiram o casaco e o gorro, Alice colocou a capa e o capuz, e lá foram eles com o pai na carroça, colher as amêndoas.

Quando havia alguma cerca móvel no caminho, Almanzo ajudava a afastá-la para que a carroça pudesse passar. Os pastos estavam desertos àquela altura; todo o gado estava abrigado nos currais, portanto não precisavam se preocupar com as cercas até o retorno final para casa.

No faial, todas as folhas amarelas tinham caído das árvores. Formavam uma camada espessa no chão, sob os troncos esguios e os delicados galhos nus das faias. As amêndoas haviam caído em cima das folhas. O pai de Almanzo e Royal levantaram cuidadosamente o tapete de folhas com os ancinhos e colocaram tudo, junto com as amêndoas, na carroça. Alice e Almanzo corriam para um lado e para outro dentro da carroça, afastando as folhas farfalhantes para abrir espaço.

Quando a carroça ficou cheia, Royal voltou com o pai para os celeiros, mas Almanzo e Alice ficaram brincando no bosque até eles voltarem.

Soprava uma brisa fria, e o sol estava ligeiramente encoberto. Os esquilos saltitavam, colhendo nozes para armazenar para o inverno. No alto, os patos selvagens grasnavam, agrupando-se em bandos para voar em direção ao sul. O dia estava ideal para brincar de índio no meio das árvores.

Quando Almanzo se cansou de brincar de índio, ele e Alice se sentaram em um tronco e quebraram amêndoas com os dentes. As amêndoas de faia são triangulares, pequenas e de um marrom brilhante, mas cada concha é bem recheada com o fruto. São tão boas que a pessoa não se farta de comer. Almanzo, pelo menos, não se fartava, e ainda comeria mais quando a carroça retornou.

Então ele e Alice voltaram a calcar e afastar mais uma vez as folhas, enquanto os ancinhos de Royal e do pai limpavam o chão.

Demorou quase o dia todo para recolher todas as amêndoas. No lusco-fusco frio, Almanzo ajudou a recolocar as cercas dos pastos conforme regressavam para casa. As amêndoas, junto com as folhas, formaram uma grande pilha no estábulo sul, ao lado do moinho.

Naquela noite, o pai disse que o verão finalmente chegara ao fim.

– Vai nevar nesta noite – disse ele.

E de fato, quando Almanzo acordou na manhã seguinte, a claridade estava esbranquiçada, e da janela ele viu a relva e o telhado do celeiro cobertos de neve.

O pai estava satisfeito. A neve macia tinha quinze centímetros de profundidade, mas o solo ainda não estava congelado.

"Adubo de pobre", era como o pai chamava uma neve como aquela, e mandou Royal ir passar o arado no campo inteiro; havia algo na neve e naquele ar que fertilizava o solo e ajudava no cultivo.

Enquanto isso, Almanzo ajudava o pai. Vedaram as janelas do celeiro e arrumaram todas as tábuas que haviam se soltado por causa do sol e das chuvas de verão. Escoraram as paredes com bastante palha e colocaram pedras sobre a palha para fortalecer a construção contra os ventos fortes. Também instalaram portas e janelas antitempestade na casa, e foi bem a tempo. Aquela semana terminou com a primeira nevasca da estação.

O PEQUENO FAZENDEIRO

O frio implacável tinha chegado para ficar, e era época de preparar carne para estocar.

Na aurora gelada, Almanzo ajudou Royal a ajeitar o grande caldeirão de ferro sobre uma cama de pedras ao lado do celeiro, encheram-no de água e acenderam o fogo. John Preguiçoso e Joe Francês apareceram para ajudar com os preparativos para escaldar a carne dos leitões e vitelos criados para esse fim, e que depois seria levada para a cozinha, onde a mãe e as irmãs de Almanzo removeriam e lavariam os miúdos para fazer banha. O couro do vitelo seria usado posteriormente pelo pai de Almanzo para fazer sapatos.

A carne era então salgada e colocada em barris no porão, onde ficava congelada ao longo do inverno.

À noite, Joe Francês e John Preguiçoso voltaram para casa assobiando, levando um pouco de carne fresca como pagamento por seu trabalho.

A mãe de Almanzo preparou bistecas para o jantar. Almanzo adorava comer com a mão, tirando a carne dos ossos com os dentes. Também gostava do molho que a mãe fazia com a carne, para colocar sobre o purê de batatas.

Durante toda a semana seguinte, a mãe e as irmãs de Almanzo trabalharam bastante na cozinha, e Almanzo ajudou. Cortaram a banha de porco e a ferveram em grandes caçarolas no fogão. Depois a mãe coou a banha quente espremendo-a em panos brancos limpos para dentro de grandes recipientes de pedra.

Almanzo pegava os pequenos torresmos que ficavam no pano e comia, sempre que podia. A mãe não aprovava, dizia que eram gordurosos demais para comer assim puros. Ela os reservava para temperar broa de milho.

Depois da banha, ela fez a geleia de mocotó. Cozeu a carne até que se soltasse dos ossos, picou, temperou com o caldo da fervura e colocou em potes.

A seguir preparou carne moída. Ferveu as melhores partes das carnes de vaca e de porco e picou bem miúdo. Misturou com passas e especiarias, açúcar, vinagre, maçã picada e conhaque e abasteceu dois frascos grandes. O cheiro era delicioso, e ela deixou Almanzo raspar a vasilha.

O tempo inteiro ele moía carne para fazer embutidos. Colocava pedaços e mais pedaços de carne no moedor e girava a manivela por horas a fio. Ficou feliz quando terminou. A mãe temperou a carne, formou bolas grandes, e Almanzo teve que levar tudo aquilo para o sótão e empilhar sobre panos limpos. Elas ficariam ali, congeladas, durante todo o inverno, e todas as manhãs a mãe pegava uma bola, dividia em bolinhos menores e fritava para o desjejum.

Por fim era a vez da fabricação de velas.

A mãe raspava a banha dos potes e os enchia com gordura de vitela, que derretia e virava sebo. Enquanto a gordura derretia, Almanzo ajudava a preparar os pavios e os moldes de vela.

Um molde de vela consistia de duas fileiras de tubos de metal, amarrados em uma altura de um metro e oitenta. Havia doze tubos em um molde. Eram abertos na parte superior, mas afunilavam em direção à base, até formar um pequeno orifício.

A mãe de Almanzo cortava um pedaço de pavio para cada tubo. Enrolava-o em volta de uma haste fina e torcia, umedecendo o dedo polegar e o indicador, até formar uma ponta. Quando tinha seis pavios na haste, ela os colocava nos seis tubos, e a haste ficava na parte superior dos tubos. A ponta dos pavios saía pelos pequenos orifícios na extremidade dos tubos, e Almanzo puxava cada um dos pavios e os mantinha esticados espetando uma batata crua na ponta.

Quando todos os tubos estavam com o pavio esticado, a mãe derramava cuidadosamente o sebo quente. Enchia cada tubo até em cima, e então Almanzo levava os moldes para fora, para esfriarem.

Quando o sebo endurecia, ele trazia de volta, tirava as batatas, e a mãe mergulhava rapidamente o molde inteiro em água fervente e puxava as hastes. Cada haste continha seis velas.

Então Almanzo cortava as velas, aparava as pontas e deixava em cada vela uma extensão de pavio suficiente para acender. Depois empilhava as velas lisas e macias. Durante um dia inteiro, Almanzo ajudou a mãe a fazer velas.

Naquela noite, eles haviam feito velas suficientes para durar até o início do inverno do ano seguinte.

O sapateiro

A mãe de Almanzo estava preocupada e chateada porque o sapateiro não tinha vindo. Os mocassins de Almanzo estavam começando a rasgar, e as botas de Royal já estavam apertadas. Ele as havia cortado em alguns pontos para poder calçá-las; seus pés doíam de frio, mas não havia nada que pudesse ser feito enquanto o sapateiro não viesse.

Estava quase chegando o dia de Royal, Eliza Jane e Alice irem para o colégio na cidade, e nenhum dos três tinha sapatos decentes. E nada de o sapateiro aparecer.

A mãe costurava continuamente com a bonita lã cinzenta de ovelha que havia tecido, cortando, alinhavando, cosendo; fez um bonito terno novo para Royal, com um sobretudo combinando. Fez também um gorro para ele, com abas abotoadas, como os que eram vendidos em lojas.

Para Eliza Jane, ela fez um vestido novo de tecido cor de vinho, e para Alice, um vestido azul. As meninas descosturavam seus vestidos velhos, e as toucas também, lavavam, passavam e depois costuravam novamente, pelo avesso, para parecerem novos.

No final do dia, a mãe tricotava sem parar, fazendo meias novas para todos. Tricotava tão rápido que as agulhas ficavam quentes pelo atrito. Mas não havia como eles terem sapatos novos se o sapateiro não viesse a tempo.

E ele não veio. As meninas cobriam os sapatos velhos com as saias, mas Royal tinha que ir para o colégio com seu elegante terno novo e com as botas velhas e surradas, cortadas nas bordas, deixando aparecer as meias. Não havia solução.

A última manhã chegou. Almanzo e o pai realizaram as tarefas. Todas as janelas da casa estavam iluminadas com luz de velas, e Almanzo sentiu falta de Royal no celeiro.

Royal e as meninas estavam vestidos para o desjejum. Ninguém comeu muito. O pai foi atrelar os cavalos, e Almanzo foi buscar as malas para trazê-las para baixo. Gostaria que Alice não fosse embora.

Os guizos do trenó soaram do lado de fora, em frente à porta, e a mãe enxugou os olhos com o avental. Todos foram para perto do trenó. Os cavalos batiam os cascos e sacudiam os guizos. Alice colocou a manta sobre as saias armadas, e o pai deu o comando para os cavalos começarem a andar. O trenó deslizou e virou para a estrada. Alice olhou para trás e acenou:

– Adeus! Adeus!

Aquele não foi um dia bom para Almanzo. Tudo parecia enorme, silencioso, vazio. Ele almoçou sozinho com os pais. A hora de cuidar dos animais foi mais cedo, porque Royal não estava lá para ajudar. Almanzo detestava entrar em casa e não ver Alice. Também sentia falta de Eliza Jane.

Depois que foi se deitar, ficou um tempo acordado na cama, pensando no que os irmãos estariam fazendo, a oito longos quilômetros de distância.

Na manhã seguinte, o sapateiro apareceu! A mãe de Almanzo abriu a porta e disse para ele:

– Que bela hora para chegar, não? Com três semanas de atraso, e meus filhos praticamente descalços!

O sapateiro, porém, era tão bem-humorado que ela não conseguiu ficar zangada por muito tempo. Não fora culpa dele; ele tivera que ficar três semanas em uma residência, fazendo calçados para a família inteira, para um casamento.

O sapateiro era um homem robusto e alegre. Suas bochechas e a barriga sacudiam quando ele ria. Ele instalou sua bancada na sala de jantar, junto à janela, e abriu a caixa de ferramentas. A mãe de Almanzo já estava dando risada das brincadeiras dele. O pai pegou os pedaços de couro curtido no ano anterior, e ele e o sapateiro conversaram a manhã inteira.

A hora do almoço foi divertida. O sapateiro contou todas as novidades, elogiou a comida da mãe de Almanzo e contou piadas que fizeram o pai gargalhar e a mãe chorar de tanto rir. Então o sapateiro perguntou ao pai o que deveria fazer primeiro, e o pai respondeu:

– Acho melhor começar com um par de botas para Almanzo.

Almanzo mal podia acreditar. Fazia tanto tempo que queria ter um par de botas! Achava que iria ter que usar mocassins até seus pés pararem de crescer tão rápido.

– Vai acostumar mal o menino, James – disse a mãe, mas o pai respondeu:

– Ele já tem idade para usar botas.

Almanzo ficou ansioso para ver o sapateiro começar. Primeiro o sapateiro foi olhar a lenha estocada no depósito. Queria um pedaço de bordo, bem seco, e, quando encontrou, pegou sua serra e cortou duas lâminas da madeira, uma com 2,5 cm de espessura e a outra com 1,25 cm. Mediu com cuidado e cortou os cantos em ângulo reto.

Então levou as lâminas para a bancada, sentou-se e abriu a caixa de ferramentas. A caixa era dividida em compartimentos, com diversas ferramentas arrumadas lá dentro.

O sapateiro colocou a lâmina de madeira mais grossa sobre a bancada, pegou uma faca longa e afiada e fez pequenos sulcos em toda a superfície da lâmina. Então virou-a e fez o mesmo do outro lado, no sentido contrário. Depois encaixou uma faca entre dois sulcos e foi batendo devagarinho com um martelo. Cada vez que ele batia, saía uma lasca de madeira de 2,5 cm de comprimento, com a extremidade pontiaguda.

Em seguida fez a mesma coisa com a outra lâmina, produzindo tiras de 1,25 cm.

Agora o sapateiro estava pronto para tirar as medidas de Almanzo para fazer as botas.

Almanzo tirou os mocassins e as meias e pisou sobre uma folha de papel enquanto o sapateiro desenhava cuidadosamente o contorno de seus pés com um lápis grande. Depois ele tirou as outras medidas e anotou tudo.

Quando o sapateiro não precisava mais de Almanzo, este foi ajudar o pai a debulhar milho. Ele tinha uma debulhadora, igual à do pai, mas menor; amarrou a correia da debulhadora em volta da mão enluvada, e ele e o pai se sentaram nos banquinhos de ordenhar no celeiro, ao lado dos feixes de espigas. Tiravam o envoltório de folhas, raspavam os grãos e jogavam as maçarocas nuas em um cesto. As folhas seriam depois oferecidas aos animais jovens.

Não estava muito frio no pátio, pois os celeiros aparavam o vento. Os pés de Almanzo doíam, mas ele pensou nas botas novas. Mak podia esperar pela hora do jantar para ver o que o sapateiro havia feito.

Naquele dia, o sapateiro fizera duas formas de madeira, exatamente do formato dos pés de Almanzo. Estavam encaixadas, de ponta-cabeça, em uma estaca na bancada de trabalho, e se abriam ao meio.

Na manhã seguinte, o sapateiro cortou solas de couro grosso e palmilhas de feltro e cortou o couro mais fino e macio para fazer as botas. Engraxou o couro e preparou o fio de costura untando-o com cera. Colocou o couro nos moldes de madeira e começou a costurar.

– Vão ficar um primor! – exclamou ele para Almanzo. – A umidade não irá chegar aos seus pés, mesmo que você ande com elas dentro da água. Nunca fiz uma costura que deixasse entrar água.

Ponto por ponto, ele costurou os canos das botas. Quando ficaram prontos, ele deixou as solas de molho em água durante a noite. Na manhã seguinte, virou as botas do avesso para costurar as palmilhas.

As solas úmidas tiveram que ficar secando durante a noite. Pela manhã, o sapateiro retirou as botas dos moldes, colou e costurou firmemente as solas e lixou cuidadosamente. O feitio das botas era trabalhoso, mas por isso mesmo era eficiente ao máximo.

Quando as botas ficaram prontas, Almanzo as calçou. Serviram com perfeição, e os saltos produziam um som imponente no piso da cozinha.

No sábado de manhã, o pai de Almanzo foi até Malone para trazer Alice, Royal e Eliza Jane, para o sapateiro tirar as medidas para os calçados novos. A mãe estava fazendo um almoço caprichado para eles, e Almanzo ficou debruçado no portão, ansioso para rever Alice.

Ela não tinha mudado nada. Antes mesmo de descer do coche, ela exclamou:

– Almanzo, você tem botas novas!

Ela estava estudando para ser uma moça fina; contou para Almanzo tudo sobre as aulas de música e etiqueta, mas sentia-se feliz por estar novamente em casa.

Eliza Jane estava mais mandona que nunca. Disse que as botas de Almanzo eram muito barulhentas. Chegou mesmo a dizer à mãe que estava horrorizada porque o pai bebia chá do pires.

– Por Deus! De que outra forma ele iria arrefecer o chá? – retrucou a mãe.

– Não se usa mais beber do pires – disse Eliza Jane. – Pessoas de classe bebem da xícara.

– Eliza Jane! – exclamou Alice. – O que é isso?! O papai é um senhor de classe!

A mãe parou de trabalhar. Afastou as mãos da bacia de lavar louça e virou-se para Eliza Jane.

– Mocinha – disse ela –, se quer mostrar sua educação refinada, diga-me de onde vêm os pires.

Eliza Jane abriu a boca, mas fechou-a em seguida, com ar de perplexidade.

– Eles vêm da China – disse a mãe. – Marinheiros holandeses trouxeram os pires da China, há duzentos anos, na primeira vez em que navegaram em volta do Cabo da Boa Esperança e chegaram à China. Até essa época, as pessoas usavam xícaras sem pires. Mas desde que descobriram os pires passaram a beber deles. Penso que um hábito de duzentos anos pode ser continuado. Não é provável que se mude esse costume por causa de uma noção moderninha que você aprendeu no colégio em Malone.

Isso calou a boca de Eliza Jane.

Royal não falou muito. Vestiu uma roupa velha e fez a sua parte das tarefas, mas não parecia muito interessado. E naquela noite, na cama, ele disse a Almanzo que teria uma loja quando crescesse.

– Você será mais tolo que eu se passar seus dias trabalhando em uma fazenda – ele disse.

– Eu gosto de cavalos – disse Almanzo.

– Ora, mas os donos de lojas também têm cavalos! – respondeu Royal.
– Vestem-se bem todos os dias, são asseados e andam de coche puxado por parelha. Alguns até têm cocheiros para levá-los para os lugares.

Almanzo não disse nada, mas não queria ter um cocheiro. Queria ele mesmo adestrar e conduzir seus cavalos.

Na manhã seguinte, todos foram juntos à igreja. Depois deixaram Royal, Eliza Jane e Alice no colégio; apenas o sapateiro voltou para a fazenda. Todos os dias ele assobiava e trabalhava em sua bancada na sala de jantar, até todas as botas e sapatos estarem prontos. Passou lá duas semanas, e, quando finalmente carregou sua carroça com seu equipamento e foi para a casa do próximo cliente, a casa ficou parecendo vazia outra vez.

Naquela noite o pai disse para Almanzo:
– Bem, filho, o milho está debulhado. O que acha de fazermos um trenó fechado amanhã, para Star e Bright puxarem?
– Ah, papai! – exclamou Almanzo. – Posso... o senhor me deixa buscar lenha no bosque neste inverno?

Os olhos do pai brilharam.
– E para que mais você precisaria de um trenó? – respondeu o pai.

O pequeno trenó

Estava nevando na manhã seguinte, quando Almanzo foi com o pai para o bosque. Os flocos espessos formavam um véu sobre a paisagem, e quem estivesse sozinho, prendesse a respiração e escutasse com atenção poderia ouvir o som suave e quase imperceptível deles caindo ao redor.

Almanzo e o pai caminharam sob a neve em meio às árvores, procurando carvalhos pequenos e de tronco reto. Quando encontravam um, o pai o derrubava e cortava todos os galhos, enquanto Almanzo os empilhava. No final levaram tudo para o trenó e saíram à procura de dois caules tortos para fazer as corrediças curvas. Os caules precisavam ter pelo menos doze centímetros de diâmetro e um metro e oitenta de altura antes de se curvarem. Não era fácil achar. No bosque inteiro não havia duas árvores iguais.

– Nem no mundo inteiro, filho – disse o pai. – Você não encontra nem mesmo duas folhinhas de relva iguais. Na natureza, cada coisa é única.

Eles acabaram escolhendo duas árvores que eram parecidas. O pai as derrubou, e Almanzo ajudou a carregá-las até o trenó. Então voltaram para casa, a tempo de almoçar.

Naquela tarde, Almanzo e o pai foram para o celeiro e fizeram um pequeno trenó com capô.

Primeiro o pai lixou a base das corrediças até a madeira ficar lisa e macia, em toda a volta da curva dianteira. Logo antes da curva, ele encaixou uma tábua plana e lixou outra para colocar na parte de trás. Depois lixou duas vigas para fazer as peças transversais.

Desbastou-as até ficarem com vinte e cinco centímetros de largura e sete centímetros e meio de altura, e serrou-as com um metro e vinte de comprimento. Lixou os cantos para encaixar as peças planas por cima das corrediças. Em seguida, arredondou as extremidades para que deslizassem na neve alta.

Colocou as corrediças lado a lado, com um espaço de um metro entre ambas, e encaixou as peças transversais. Mas ainda não as fixou em definitivo.

Serrou outros dois pedaços de madeira planos com um metro e oitenta de comprimento e colocou-os sobre as corrediças. Então, com um furador, abriu um orifício em uma das tábuas e furou apenas metade da outra. Fez a mesma coisa do outro lado e introduziu uma haste de madeira em cada orifício, prendendo bem as tábuas nas corrediças. Almanzo ajudou a martelar para que as hastes entrassem inteiras, e assim estava pronto o corpo do trenó.

O pai fez um orifício lateral em cada corrediça, e ele e Almanzo puxaram as extremidades curvas o máximo que conseguiram, para que o pai encaixasse uma haste entre elas, presa nos orifícios. Quando soltaram, as corrediças prenderam a haste, que ficou bem firme.

O pai então fez dois furos na haste, para segurarem a lingueta do trenó. Para a lingueta, ele usou um ramo de olmo, já que este era mais resistente e mais flexível que o carvalho. O ramo tinha três metros de comprimento, de uma ponta à outra. O pai colocou uma argola de ferro em uma ponta e martelou até encaixar bem, sessenta centímetros para baixo; partiu a ponta ao meio e foi cortando até chegar à argola, que impediu que o ramo se abrisse dali para baixo. Aguçou as pontas, separou-as e colocou-as nos orifícios da haste transversal. Depois fez furos na haste até as duas extremidades da lingueta e cravou pinos neles. Perto da ponta da lingueta, ele enfiou um eixo de ferro, que se projetou abaixo da lingueta que seria atrelada aos potros, de tal modo que, quando eles recuassem ao puxar o trenó, a argola seria empurrada e a lingueta rígida impulsionaria o trenó para trás.

Dessa forma, estava concluída a fabricação do trenó.

Era quase hora de alimentar os animais, mas Almanzo não queria parar antes que o trenó tivesse uma grade para transportar lenha. Então o pai fez rapidamente uns furos nas extremidades das tábuas até as vigas transversais e, em cada furo, Almanzo enfiou uma estaca de cerca de um metro e vinte de comprimento. As estacas formaram então a grade onde a lenha seria transportada.

A tempestade estava se formando. A neve rodopiava com o vento que parecia produzir um som semelhante a um uivo solitário, quando Almanzo e o pai levaram os latões de leite cheios para casa naquela noite.

Almanzo queria que nevasse bastante, para que pudesse usar seu trenó para transportar lenha. Mas o pai disse que não havia condições de saírem no dia seguinte com aquela nevasca. Teriam que ficar dentro de casa, então poderiam aproveitar e começar a debulhar o trigo.

Debulha

O vento zumbia, e a neve redemoinhava, e um som lúgubre vinha dos cedros. Os galhos nus das macieiras pareciam esqueletos entrelaçados. Tudo lá fora estava escuro, agreste e tempestuoso.

No entanto, os sólidos e resistentes estábulos proporcionavam abrigo. A tempestade implacável os açoitava, mas eles se mantinham imperturbáveis. Era quentinho lá dentro, e, quando Almanzo trancou a porta atrás de si, o barulho da tempestade ficou abafado. Os cavalos se viraram dentro das baias e relicharam baixinho; os potros empinaram a cabeça e escavaram o chão. As vacas estavam enfileiradas, abanando placidamente a cauda e ruminando.

Almanzo acariciou os focinhos macios dos cavalos e admirou os potros de olhinhos brilhantes. Depois foi até o barracão de ferramentas, onde o pai estava consertando um debulhador de cereais.

O cabo do debulhador tinha quebrado, e o pai estava colando. Era um bastão de madeira com quase um metro de comprimento e a espessura de um cabo de vassoura. Havia um orifício em uma das extremidades. O cabo tinha um metro e meio de comprimento e uma ponta redonda para segurar.

O pai enfiou uma tira de couro no orifício do debulhador e amarrou as pontas para fazer uma alça. Pegou outra tira de couro e fez um corte em cada extremidade. Passou pela alça e empurrou as aberturas sobre a ponta arredondada do cabo.

O debulhador e o cabo ficaram unidos pelas duas tiras de couro, e portanto flexíveis e possíveis de ser manuseados em qualquer direção.

O debulhador de Almanzo era igual ao do pai, mas era novo e não precisava de conserto. Quando o debulhador do pai ficou pronto, eles foram para o celeiro.

Ainda havia um leve cheiro de abóboras ali, embora os animais já tivessem comido todas. Um aroma amadeirado emanava da pilha de folhas de faia, e o trigo exalava um cheiro seco de palha. Lá fora o vento assobiava, e os flocos de neve rodopiavam, mas o celeiro estava aquecido e silencioso.

Almanzo e o pai desamarraram vários feixes de trigo e os espalharam no piso limpo de madeira.

Almanzo perguntou ao pai por que ele não alugava a máquina de debulhar. No outono, três homens tinham trazido a máquina ali para a região, e o pai tinha ido ver. Ela debulhava uma colheita inteira de grãos em poucos dias.

– É uma maneira preguiçosa de debulhar – respondeu o pai. – A pressa leva ao desperdício, mas o homem que é preguiçoso prefere que seu trabalho seja feito rapidamente a ele mesmo fazer. Aquela máquina mastiga a palha de tal maneira que ela não serve mais para alimentar o gado, e espalha grãos para todo lado, o que é um desperdício. A única coisa que ela faz é economizar tempo, filho. E para que ter tempo sobrando quando não há nada para fazer? Quer ficar sentado de braços cruzados nestes dias tempestuosos de inverno?

– Não! – respondeu Almanzo. Já bastavam os domingos, que eram um tédio só.

Eles espalharam uma camada de trigo no chão, olharam um para o outro e seguraram seus debulhadores com as duas mãos; ergueram-nos acima da cabeça para dar impulso e bateram no trigo.

O pai começou, e Almanzo também, logo em seguida. *Tum! Tum! Tum!* Era quase como marchar ao som da música do Dia da Independência. Era como tocar o tambor.

Os grãos de trigo saltavam das cascas e se espalhavam sobre a palha. Um cheiro suave e gostoso se elevou da palha, como o aroma dos campos cultivados em um dia de sol.

Antes de Almanzo se cansar de manusear o debulhador, chegou a hora de usar o ancinho. Ele recolhia cuidadosamente um punhado de palha, sacudia e jogava de lado. Os grãos castanhos de trigo caíam no chão. Almanzo e o pai desamarraram mais feixes e espalharam em cima da palha, para então voltar a usar os debulhadores.

Quando já havia uma camada espessa de grãos no chão, Almanzo empurrou tudo para o lado com um grande e largo rodo de madeira.

Ao longo do dia, a pilha de trigo foi crescendo. Logo antes da hora de cuidar dos animais, Almanzo varreu o chão em frente ao moinho selecionador. Então o pai foi jogando os grãos dentro do funil, enquanto Almanzo girava a manivela.

As pás zumbiam dentro do moinho, levantando uma nuvem de partículas de palha, e os grãos limpos do trigo deslizavam pela rampa e formavam uma pilha no chão. Almanzo colocou um punhado na boca; tinham um gosto adocicado e demoravam para se desmanchar.

Ele mastigava enquanto segurava os sacos de grãos, e o pai jogava o trigo para dentro deles. Depois o pai enfileirou os sacos junto a uma parede. O dia de trabalho havia sido produtivo.

– Que tal passarmos um pouco de amêndoas de faia também? – o pai sugeriu.

Então eles jogaram folhas de faia no funil, e as pás sopraram as folhas, despejando as amêndoas triangulares pela rampa. Almanzo encheu uma vasilha, para comer mais tarde ao lado do aquecedor.

Em seguida, foi assobiando cumprir a tarefa de alimentar os animais.

Durante todo o inverno, nos dias de nevasca, havia trabalho a fazer com os cereais. Depois do trigo foi a vez da aveia, do feijão, das ervilhas. Havia grãos suficientes para alimentar o gado e trigo e centeio suficiente para fazer farinha. Almanzo havia arado os campos, ajudado na colheita e agora estava fazendo a debulha.

Ele ajudou a alimentar as vacas, os cavalos, as ovelhas e os porcos. Sentia como se dissesse a eles: "Podem contar comigo. Já sou bem crescido para tomar conta de vocês".

Então ele fechou a porta, deixando os animais confortavelmente alimentados e aquecidos para passar a noite, e foi caminhando embaixo da neve intensa de volta para casa, onde um bom jantar o aguardava na cozinha.

Natal

Por um longo tempo, parecia que o Natal nunca chegaria. No Natal, o tio Andrew e tia Delia, tio Wesley e tia Lindy e todos os primos vinham almoçar. Era o melhor almoço do ano inteiro, e o menino que tivesse se comportado poderia encontrar algo em sua meia. Os meninos maus encontravam as meias vazias na manhã de Natal. Almanzo se empenhara tanto, e por tanto tempo, para ser bonzinho que mal cabia em si de ansiedade. Mas, finalmente, era véspera de Natal, e Alice, Royal e Eliza Jane estavam de volta em casa. As meninas estavam fazendo faxina, e a mãe estava na cozinha preparando gostosuras. Royal ajudou o pai com a debulha, mas Almanzo teve que ajudar no serviço de casa. Só pensava na meia com presente e se esforçava para fazer suas tarefas direito e com bom humor.

Tinha que usar um avental amarrado atrás do pescoço para arear os talheres de aço e polir a prataria. Pegou um tijolo e raspou um montinho de pó avermelhado; depois, com um pano úmido, esfregou a poeira nos talheres, um por um. A cozinha estava impregnada de aromas deliciosos. O pão recém-assado estava esfriando, as prateleiras da despensa estavam repletas de bolos, biscoitos, tortas de carne moída e de abóbora. *Cranberries* borbulhavam em uma panela no fogão, enquanto a mãe preparava o recheio do ganso. Do lado de fora, o sol brilhava sobre a paisagem coberta de neve. Os pingentes de gelo cintilavam ao longo de todo o beiral do telhado. Ao longe, ouvia-se o badalar de guizos, e do celeiro vinha o som dos debulhadores. *Tum-tum! Tum-tum!* Depois que todas as facas e garfos estavam areados, Almanzo começou solenemente a polir as peças de prata.

Teve que interromper a tarefa algumas vezes para ir buscar sálvia no sótão, maçãs no porão e novamente subir para pegar cebolas. Encheu o cesto de lenha, correu lá fora para buscar água no poço, até que, por fim, achou que tinha terminado tudo, mas não... teve que dar lustro no lado do fogão que dava para a sala de jantar.

– Faça você a parte da sala de visitas, Eliza Jane – disse a mãe. – Almanzo pode entornar a graxa.

Almanzo sentiu um frio na barriga. Sabia o que aconteceria se a mãe descobrisse aquela mancha de graxa camuflada na parede da sala, e seria muita falta de sorte se isso acontecesse justamente na véspera do Natal.

Naquela noite todos estavam cansados, e a casa estava tão limpa e arrumada que ninguém se atrevia a tocar em nada. Depois do jantar, a mãe de Almanzo colocou o gordo ganso recheado e o pernil no forno para assar lentamente durante a noite. O pai fechou os amortecedores do aquecedor e deu corda no relógio, Almanzo e Royal penduraram meias limpas nas costas de uma cadeira, e Alice e Eliza Jane penduraram as delas em outra cadeira.

Então cada um pegou uma vela e depois subiram para se deitar.

Ainda estava escuro quando Almanzo acordou. Estava agitado e então se lembrou de que era dia de Natal. Empurrou as cobertas e sentiu alguma coisa se mexer. Era Royal. Ele tinha se esquecido de que Royal estava lá, mas passou por cima dele, gritando:

– Natal! É Natal! Feliz Natal!

Almanzo vestiu a calça por cima do pijama. Royal pulou da cama e acendeu a vela. Almanzo pegou a vela, e Royal gritou:

– Ei! Deixe a minha vela! Onde está minha calça?

Mas Almanzo já estava no meio da escada. Alice e Eliza Jane saíram voando do quarto e desceram atrás de Almanzo. Ele viu sua meia toda encaroçada, colocou a vela sobre a mesa e abriu a meia. A primeira coisa que tirou lá de dentro foi uma boina, uma boina comprada em loja! O tecido xadrez era feito em máquina industrial, bem como o forro. Até as costuras eram feitas a máquina. E os protetores de orelhas abotoavam no alto da cabeça.

Almanzo gritou de alegria. Não esperava ganhar uma boina assim! Olhou para ela, pelo lado de fora e do avesso, apalpou o tecido e o forro sedoso e colocou-a na cabeça. Estava um pouco grande, porque ele ainda estava crescendo. O bom é que ele poderia usá-la por muito tempo.

Eliza Jane e Alice fuçavam em suas meias, dando gritinhos, e Royal tirou da sua um cachecol de seda. Almanzo enfiou a mão novamente em sua meia e pegou um saquinho de balas açucaradas. A camada externa derretia na boca, mas a parte de dentro demorava para dissolver. Eram deliciosas!

Depois tirou de dentro da meia um par de luvas novas. A mãe tinha tricotado os punhos e a parte de cima com um ponto de fantasia. Havia ainda uma laranja e um pacote de figos secos. Almanzo achou que isso era tudo e pensou que nunca no mundo um menino havia tido um Natal melhor que aquele.

Mas ainda havia algo mais dentro da meia. Algo pequeno, estreito e duro. Almanzo não fazia ideia do que poderia ser. Então pegou o objeto e viu que era um canivete de quatro lâminas.

Ele gritou de felicidade! Abriu todas as lâminas, brilhantes e afiadas.

– Alice, olhe! Veja, Royal! – ele gritava. – Olhe meu canivete! Minha boina!

Então eles ouviram a voz do pai, vinda do quarto escuro:

– Olhem para o relógio.

Os quatro se entreolharam. Royal ergueu o castiçal para iluminar o relógio de parede, e os ponteiros indicavam três e meia.

Nem Eliza Jane sabia o que fazer. Tinham acordado o pai e a mãe uma hora e meia antes do horário de levantar.

– Que horas são? – perguntou o pai.

Almanzo olhou para Royal. Depois ele e Royal olharam para Eliza Jane. Ela engoliu em seco e abriu a boca, mas Alice exclamou:

– Feliz Natal, papai! Feliz Natal, mamãe! São... são... faltam trinta minutos para as quatro, papai.

No silêncio que se seguiu, o tique-taque do relógio soou alto. Então eles ouviram o pai rir baixinho.

Royal abriu os amortecedores do aquecedor, e Eliza Jane acendeu o fogo e colocou a chaleira com água para ferver.

A casa estava quentinha e aconchegante quando o pai e a mãe se levantaram, e ainda tinham uma hora livre pela frente. Tinham tempo para apreciar os presentes.

Alice ganhou um medalhão, e Eliza Jane ganhou um par de brincos. A mãe tinha feito golas e punhos de renda para as duas. Além do cachecol de seda, Royal ganhou também uma carteira de couro. Mas Almanzo achou que os melhores presentes eram os dele. Estava sendo um Natal maravilhoso!

Então a mãe começou a se apressar e a apressar a todos. Havia tarefas a fazer, cuidar dos animais, coar o leite, tomar o desjejum, descascar legumes, e tudo tinha que estar pronto e todos vestidos antes que as visitas chegassem.

O sol começou a subir no céu. A mãe parecia estar em todos os lugares da casa, falando sem parar.

– Almanzo, lave suas orelhas!… Pelo amor de Deus, Royal, saia da frente do caminho!… Eliza Jane, é para apenas descascar as batatas, não cortar fatias! E não precisa fazer tantos buracos!… Alice, as toalhas mais brancas estão no fundo da prateleira. E preste atenção na posição dos talheres na mesa!… Misericórdia, a manhã está voando!

Ouviram-se guizos se aproximando na estrada, e a mãe fechou a porta do forno e correu para trocar de avental e colocar um broche. Alice corria para baixo, Eliza Jane corria para cima, e ambas diziam para Almanzo endireitar o colarinho. O pai chamava a mãe para dar o nó na gravata. E então o trenó do tio Wesley parou na frente da casa com um último badalar dos guizos.

Almanzo correu para fora, gritando de contentamento, e o pai e a mãe saíram atrás dele, com uma calma como se nunca tivessem dado um passo maior que o outro na vida. Frank, Fred, Abner e Mary desceram do trenó, encolhidos de frio, e, antes que tia Lindy entregasse o bebê para a mãe de Almanzo segurar, viram o trenó do tio Andrew se aproximar. O pátio ficou cheio de meninos, e a casa, cheia de saias e saiotes armados das meninas. Os tios sacudiram a neve das botas e tiraram os cachecóis.

Royal e o primo James conduziram os trenós para a garagem de coches; desatrelaram os cavalos, levaram-nos para as baias e esfregaram suas pernas para tirar a neve.

Almanzo estava usando sua boina comprada e mostrou aos primos o canivete que ganhara. A boina de Frank já estava velha. Ele também tinha um canivete, mas de três lâminas só. Então Almanzo levou os primos para conhecerem Star e Bright, e para verem o trenó, e deixou que eles coçassem as costas gorduchas de Lucy com espigas de milho debulhadas. Disse que eles podiam chegar perto de Starlight se falassem baixinho para não o assustar.

O lindo potro balançou a cauda e se aproximou deles. Então inclinou a cabeça e recuou quando Frank estendeu a mão por entre as barras da baia.

– Deixe-o em paz! – disse Almanzo.

– Aposto que você não tem coragem de entrar aí e montar nele – disse Frank.

– Coragem eu tenho, mas também tenho bom senso – retrucou Almanzo. – Nunca faria nada para acostumar mal esse potro.

– Como assim, acostumar mal? – insistiu Frank. – Você tem é medo de cair e se machucar! Tem medo desse potrinho minúsculo!

– Eu não tenho medo! – teimou Almanzo. – Mas meu pai não me deixa montá-lo.

– Se eu fosse você, eu montaria se quisesse, e meu pai nunca ficaria sabendo.

Almanzo não respondeu, e Frank começou a subir na grade da baia.

– Desça daí! – Almanzo exclamou e segurou a perna de Frank. – Você vai assustá-lo!

– Eu o assusto se quiser – respondeu Frank, chutando.

Mas Almanzo não largou a perna do primo. Starlight começou a dar voltas dentro da baia, e Almanzo queria chamar Royal. Mas para isso teria que gritar, e assustaria Starlight ainda mais.

Então ele cerrou os dentes e puxou a perna de Frank com toda a força. O garoto caiu deslizando desajeitado pela grade. Todos os cavalos se sobressaltaram, e Starlight empinou as patas dianteiras e se chocou contra a manjedoura.

– Vou partir você ao meio por isso! – gritou Frank, levantando-se trôpego.

– Pois tente! – desafiou Almanzo.

Royal veio correndo do estábulo sul. Pegou Almanzo e Frank pelos ombros e levou-os para fora. Fred, Abner e John foram atrás deles em silêncio, e Almanzo sentiu os joelhos fracos. Tinha medo de que Royal contasse ao pai.

– Se eu pego vocês mexendo com os potros de novo – disse Royal –, conto para o papai e para o tio Wesley. Aí vocês vão ver o que é bom!

Royal sacudiu Almanzo com tanta força que ele não conseguiu ver que ele também estava sacudindo Frank. Então Royal bateu a cabeça dos garotos uma contra a outra. Almanzo viu estrelas.

– Para aprenderem a não brigar! E no dia de Natal, que vergonha! – disse Royal.

– Eu só não queria que ele assustasse Starlight – Almanzo falou.

– Chega! – ralhou Royal. – Pare com isso! Tratem de se comportar, ou vão se arrepender. Agora vão lavar as mãos. Está na hora de almoçar.

Todos foram para a cozinha e lavaram as mãos. A mãe, as tias de Almanzo e as primas estavam levando as travessas para a mesa, que tinha sido virada ao contrário e aberta, ocupando quase a sala inteira.

Almanzo inclinou a cabeça e fechou os olhos enquanto o pai fazia a oração de agradecimento e pedindo bênçãos. A oração foi mais longa por ser dia de Natal. Mas, por fim, Almanzo pôde abrir os olhos. Ficou olhando em silêncio para a mesa farta.

Viu o apetitoso pernil na travessa de porcelana azul, guarnecido com fatias de maçã caramelada, o ganso assado, com o recheio transbordando, a grande vasilha de geleia de *cranberry*, o purê de batata que parecia uma nuvem leve e macia, a abóbora dourada, os suculentos nabos fritos.

Almanzo engoliu em seco e tentou não olhar mais, mas pelo canto do olho ainda via as maçãs com cebolas fritas e as cenouras cristalizadas. Não conseguia deixar de contemplar as crostas folhadas da torta de abóbora recheada com carne moída e cortada em triângulos, prontos para ser saboreados.

Ele retorceu as mãos entre os joelhos. Tinha que ficar quietinho e esperar, mas sentia um vazio dolorido por dentro, de tanta fome.

Os adultos deviam ser servidos primeiro, começando pelos que estavam sentados às cabeceiras da mesa. Passavam as travessas de um para outro, conversando e rindo desalmadamente. O pernil quase se desmanchou em fiapos quando o pai o cortou. O peito do ganso recheado foi fatiado até o osso, a geleia de *cranberry* era servida a colheradas, assim como o purê e os ricos molhos acastanhados.

Almanzo teve que esperar até o final. Era o mais novo de todos, com exceção de Abner e os bebês, mas, como Abner era visita, foi servido antes dele.

Por fim o prato de Almanzo foi servido. A primeira garfada causou uma sensação agradável, que foi crescendo à medida que ele comia. Ele comeu até não aguentar mais, e sentiu um bem-estar enorme. Por algum tempo ficou mordiscando devagar os pedacinhos de sua segunda fatia de bolo de frutas. Depois colocou a fatia no bolso e saiu para brincar.

Royal e James estavam escolhendo os lados para brincar de forte de neve. Royal escolheu Frank, e James escolheu Almanzo. Com os times formados, eles começaram a montar o cenário para o jogo, rolando grandes bolas da neve acumulada ao redor do celeiro. Acabaram formando um monte de neve quase da altura de Almanzo.

Então, de cada lado da muralha os meninos fizeram suas bolas de neve. Sopravam e apertavam para ficarem sólidas. Fizeram dezenas de bolas de neve. Quando estavam prontos para a batalha, Royal jogou um graveto para o alto e pegou-o. James segurou o graveto acima da mão de Royal, Royal segurou mais acima, e assim por diante, até chegar ao topo do graveto. James foi o último a pôr a mão, então o lado dele era o forte, e o outro lado era o invasor.

Como as bolas de neve voavam! Almanzo se abaixava, se desviava, gritava e jogava as bolas o mais rápido que podia, até acabar o estoque. Royal então pulou o muro com a "tropa" inimiga, e Almanzo avançou e agarrou Frank. Os dois caíram deitados na neve alta, rolaram várias vezes, batendo um no outro com toda a força.

O pequeno fazendeiro

O rosto de Almanzo estava coberto de neve, ele tinha neve dentro da boca, mas não largava Frank e batia nele sem parar. Frank deitou-se por cima dele, mas ele se desvencilhou. Frank deu uma cabeçada no nariz de Almanzo, que começou a sangrar, mas Almanzo não se importou. Estava por cima de Frank, batendo nele com força e gritando:

– Diga "chega"! Admita que perdeu!

Frank gemeu e se debateu. Conseguiu virar um pouco o corpo, mas Almanzo continuava em cima dele. Até que empurrou a cabeça do primo com toda a força, enterrando-lhe o rosto na neve.

– Ch…Chega! – Frank balbuciou.

Almanzo ficou de joelhos e viu a mãe na porta de casa.

– Meninos! Meninos! Parem de brincar agora! Venham para dentro se aquecer.

Eles estavam aquecidos, e ofegantes também. Mas a mãe e as tias achavam que seria bom eles se aquecerem antes de pegarem a estrada para voltar para casa. Os garotos voltaram para dentro de casa cambaleando, todos cobertos de neve, e a mãe levantou os braços.

– Misericórdia! – exclamou.

Os adultos estavam na sala de visitas, mas os meninos tiveram que ficar na sala de jantar, para não molhar o carpete. Não podiam se sentar, porque as cadeiras estavam cobertas com as mantas de viagem perto do aquecedor, para estas ficarem bem quentinhas. Mas eles comeram maçãs e beberam sidra, e Almanzo e Abner foram até a despensa beliscar o que havia lá.

Então os tios, as tias e as primas vestiram seus agasalhos, foram buscar os bebês que dormiam no quarto e os enrolaram nos xales de lã. Os homens foram buscar os trenós e pararam na frente da casa, com os guizos badalando. O pai e a mãe de Almanzo ajudaram a levar as mantas e a colocá-las sobre as saias armadas das mulheres e das meninas. Todo mundo acenava, despedindo-se e dizendo "Até logo".

O som dos guizos ainda ecoou por algum tempo e, por fim, silenciou. O Natal tinha acabado.

Transportando lenha

Quando as aulas recomeçaram, em janeiro, Almanzo não precisou ir. Estava ocupado cortando lenha no bosque e transportando para casa.

Nas manhãs frias, antes de o sol nascer, o pai de Almanzo atrelava os bois ao trenó maior, e Almanzo atrelava os bezerros ao seu trenó. Star e Bright já estavam muito crescidos para usar a pequena canga, e a maior era pesada demais para ele manusear sozinho. Pierre tinha de ajudá-lo a erguê-la até o pescoço de Star, e Louis o ajudava a empurrar Bright sob a outra extremidade.

Os bezerros tinham ficado ociosos nos pastos durante todo o verão e agora não estavam com disposição para trabalhar. Sacudiam a cabeça, recuavam, e era difícil atrelar a canga.

Almanzo tinha que ser paciente e gentil. Acariciou os animais, quando na verdade sua vontade era de bater neles, ofereceu-lhes cenouras e falou com eles em tom carinhoso. Mas, antes que conseguisse atrelá-los ao trenó, o pai já se encaminhava para o bosque.

Almanzo o seguiu. Os bezerros acabaram sossegando e obedeciam quando ele dizia "Eia!" e viravam para a direita ou para a esquerda quando ele exclamava "Gui!" ou "Hó!". Percorreram a estradinha, subiram e desceram as encostas, e Almanzo ia em seu trenó com Pierre e Louis atrás.

Almanzo já estava com dez anos, conduzia seus próprios animais, guiava seu trenó e ia ao bosque buscar lenha.

No bosque, a neve se amontoava no alto das árvores. Os galhos mais baixos dos pinheiros e dos cedros estavam enterrados sob a neve. A trilha também estava coberta. Sobre a neve, viam-se somente pegadas de pássaros e algumas cavidades onde as lebres tinham pulado. Do fundo da floresta vinha o som de machados cortando madeira.

Os bois do pai de Almanzo avançavam, abrindo um caminho, e Almanzo os seguia. Embrenharam-se cada vez mais dentro do bosque, até chegarem a uma clareira onde Joe Francês e John Preguiçoso estavam derrubando árvores.

Havia troncos e galhos cortados por toda parte, semienterrados na neve. John e Joe os haviam serrado em extensões de quatro metros e meio, e alguns tinham sessenta centímetros de diâmetro. Os troncos maiores eram tão pesados que mesmo seis homens juntos tinham dificuldade para carregar, mas o pai teve que os colocar no trenó.

Ele parou o trenó ali perto, e John e Joe vieram ajudar. Colocaram três pranchas sólidas sob o tronco e apoiaram o outro lado em declive no trenó. Depois foram empurrando o tronco para cima com forcados grandes. O pai de Almanzo passava um ancinho grande sobre o tronco, no meio, e ajudava a puxar para cima, enquanto John e Joe iam espetando de leve o forcado nas extremidades conforme rolavam o tronco, até finalmente conseguirem colocá-lo dentro do trenó.

Almanzo, entretanto, não possuía um forcado como aquele e tinha que carregar seu trenó com a lenha. Conseguiu improvisar três pranchas e, com bastões menores, começou a empurrar as toras mais leves. Tinham cerca de vinte centímetros de diâmetro e aproximadamente três metros de comprimento, e eram tortas e difíceis de manusear.

Almanzo colocou Pierre e Louis nas extremidades de um tronco e ficou no meio, como o pai. Os três empurravam, puxavam, ofegavam, no esforço de deslocar os troncos prancha acima. Era difícil, porque os bastões não tinham dentes como os forcados e não se fincavam no tronco.

Eles conseguiram carregar seis troncos; depois tiveram que colocar mais troncos em cima desses, o que os obrigava a inclinar mais as pranchas, que ficavam mais íngremes. O trenó do pai de Almanzo já estava carregado, e Almanzo tratou de se apressar. Estalou o chicote e levou Star e Bright rapidamente para o tronco mais próximo.

Uma das extremidades desse tronco era maior que a outra, o que impedia que ele rolasse de maneira uniforme pela prancha. Almanzo colocou Louis na extremidade menor e disse a ele para não rolar muito rápido. Pierre e Louis empurravam o tronco alguns centímetros, e Almanzo colocava o bastão por baixo e segurava, enquanto Pierre e Louis empurravam de novo. Eles rolaram o tronco até o alto da prancha.

Almanzo segurava com toda a força, com as pernas afastadas, os dentes cerrados e o pescoço rígido de tensão e esforço; os olhos pareciam prestes a saltar das órbitas, quando de repente o tronco escorregou.

O bastão escapou das mãos dele e atingiu sua cabeça. O tronco ia cair em cima dele! Ele tentou se desviar, mas não deu tempo, o tronco rolou por cima dele, enterrando-o na neve.

Pierre e Louis gritaram. Almanzo não conseguia se levantar, com a tora de madeira em cima dele. O pai e John ergueram o tronco, e Almanzo rastejou para fora. Finalmente, conseguiu ficar em pé.

– Machucou-se, filho? – perguntou o pai.

Almanzo sentiu uma forte náusea e ficou com medo de vomitar.

– Não, papai – conseguiu dizer.

O pai apalpou-lhe os ombros e os braços.

– Bem, parece que não quebrou nada! – disse, em tom de voz encorajador.

– Sorte que a neve está alta – disse John. – Senão ele teria se ferido.

– Acidentes acontecem, filho – disse o pai. – Tenha mais cuidado na próxima vez. Os homens precisam se cuidar na floresta.

Almanzo queria deitar. Sua cabeça doía, a barriga também, e o pé direito doía muito. Mas ele ajudou Pierre e Louis a posicionar o tronco e dessa vez não se afobou. Conseguiram colocar o tronco no trenó, mas não antes de o pai ir embora com sua carga.

Almanzo decidiu não pegar mais troncos. Subiu na pilha de lenha e estalou o chicote.

– Eia! – gritou.

Star e Bright puxaram, mas o trenó não saiu do lugar. Star tentou puxar mais uma vez e desistiu. Bright também tentou e desistiu, e Star tentou novamente. Então os dois pararam, desencorajados.

– Eia! Eia! – Almanzo continuou a gritar, estalando o chicote.

Star tentou mais uma vez, depois Bright, depois Star de novo. O trenó não se moveu. Star e Bright ficaram parados, com a respiração pesada. Almanzo sentiu vontade de chorar e de praguejar.

– Eia! Eia! – gritou.

John e Joe pararam de serrar, e Joe se aproximou.

– O trenó está muito pesado – disse ele. – Vocês precisam descer e ir a pé. E, Almanzo, fale com seus bezerros com gentileza. Eles não vão obedecer se você não tiver cuidado.

Almanzo desceu do trenó. Afagou o pescoço e os chifres dos bezerros. Ergueu um pouco a canga, alisou a parte de baixo e encaixou-a delicadamente no lugar, o tempo todo sem parar de falar com os animais. Em seguida ficou ao lado de Star e estalou o chicote.

– Eia! – exclamou.

Star e Bright puxaram ao mesmo tempo, e o trenó andou. Almanzo caminhou para casa com dificuldade. Pierre e Louis andavam nos sulcos lisos feitos pelo trenó, mas Almanzo tinha que abrir caminho na neve alta ao lado de Star.

Quando chegou em casa, o pai disse que ele tinha feito bem em vir embora do bosque.

– Na próxima vez, filho, você já sabe que não pode trazer tanto peso – disse o pai. – É ruim para os bois, eles entendem que não conseguem puxar a carga e param de tentar. E depois disso dificilmente se acostumam outra vez.

Almanzo não conseguiu jantar. Sentia-se enjoado, e seu pé doía bastante. A mãe achou que talvez fosse melhor ele ficar uns dias sem sair, mas Almanzo não se deixaria abater por um pequeno acidente.

Ainda assim, estava mais lerdo. No dia seguinte, antes de chegar ao bosque, cruzou com o pai, que trazia um carregamento. Sabia que um trenó vazio na estrada devia sempre dar passagem a um carregado, por isso estalou o chicote e gritou:

– Gui!

Star e Bright se desviaram para a direita, e, antes que Almanzo tivesse tempo de gritar, eles afundaram na neve funda na vala. Os bezerros não conheciam ainda os macetes da estrada, como os bois mais velhos. Mugiram, escorregaram, enterraram as patas na neve, e o trenó começou a afundar. Eles tentaram virar, mas a canga retorcida estava quase os sufocando.

Almanzo pelejou na neve, tentando alcançar a cabeça dos bezerros. O pai virou-se para trás para olhar, mas não parou. Simplesmente voltou a olhar para a frente e prosseguiu no caminho para casa.

Almanzo segurou a cabeça de Star e falou gentilmente com ele. Pierre e Louis seguraram Bright, e os bezerros pararam de se debater. Somente suas cabeças e costas estavam para fora da neve.

Almanzo praguejou:

– Raios que o partam!

Eles tiveram que cavar para tirar a neve em volta dos bezerros e do trenó. Não tinham uma pá, tiveram que remover a neve com as mãos e os pés. Não havia outro jeito.

Demorou muito tempo, mas eles afastaram toda a neve que cobria os bezerros e o trenó. Calcaram bem a neve com os pés, e Almanzo endireitou a lingueta, a corrente e a canga.

Ele teve que se sentar por uns minutos para descansar. Depois levantou-se, acarinhou a cabeça de Star e Bright e falou com eles em tom encorajador. Pegou uma maçã que Pierre levava, partiu-a ao meio e deu metade para cada um dos bezerros. Depois que eles comeram, ele estalou o chicote e gritou, animado:

– Eia!

Pierre e Louis empurraram o trenó com todas as forças, até que finalmente puderam continuar. Almanzo dava os comandos e estalava o chicote.

Star e Bright arquearam as costas e puxaram. Finalmente saíram da vala, e o trenó também saiu com um tranco.

Aquela tinha sido uma situação da qual Almanzo havia conseguido sair sozinho.

A trilha no bosque estava bem batida naquele dia, e dessa vez Almanzo não carregou tantos troncos no trenó. Voltaram para casa, sentados em cima da pilha de toras, ele na frente e Pierre e Louis atrás.

Mais abaixo na estrada Almanzo viu o pai vindo em sentido contrário, e disse a si mesmo que daquela vez o pai é que deveria se afastar para deixá-lo passar.

Star e Bright avançavam rápido, e o trenó deslizava suavemente pela estradinha branca. O chicote de Almanzo estalava alto no ar gelado. O pai estava cada vez mais perto, com sua parelha de bois e o trenó.

Estava na hora de os bois se desviarem para dar passagem a Almanzo. Ou talvez Star e Bright se lembrassem de que tinham se desviado da outra vez. Ou soubessem que deviam respeitar os bois maiores e mais velhos. Ninguém esperava que eles saíssem da estrada, mas de repente eles saíram.

Uma das corrediças caiu na vala, e lá foi o trenó e sua carga, e os garotos, em uma confusão de braços e pernas para todos os lados.

Almanzo saiu voando e se espatifou de cabeça na neve.

Ele rastejou, engatinhou e levantou-se. O trenó estava capotado, e as toras de madeira estavam espalhadas por toda parte. Os bezerros estavam com as pernas enterradas na neve. Enquanto isso, os bois do pai de Almanzo passavam tranquilamente.

Pierre e Louis se levantaram, praguejando em francês. O pai de Almanzo então parou e desceu do trenó.

– Bem, bem, bem, filho – disse ele. – Parece que nos encontramos de novo.

Almanzo e o pai olharam para os bezerros. Bright estava deitado em cima de Star; as pernas de ambos, a corrente e a lingueta do trenó estavam todas emaranhadas, e a canga estava em cima das orelhas de Star. Os bezerros estavam imóveis, assustados demais para tentarem se mover, mas felizmente não estavam feridos.

O pai de Almanzo ajudou a recolocar o trenó sobre as corrediças e usou as pranchas para recarregar as toras. Depois recuou e não disse nada enquanto Almanzo encaixava a canga em Star e Bright e os acarinhava e encorajava, ajudando-os a sair da vala e voltar para a estrada.

– É isso mesmo, filho! – disse o pai. – Cair e levantar, quantas vezes for preciso!

Ele então prosseguiu em direção ao bosque, e Almanzo voltou para casa levando a lenha.

Durante toda aquela semana e na semana seguinte, Almanzo foi ao bosque buscar lenha. Estava aprendendo a ser um hábil condutor de bois e transportador de lenha. A cada dia seu pé doía um pouco menos, e no final ele quase já não mancava.

Almanzo ajudou o pai a arrumar uma enorme pilha de toras de madeira, para depois serem serradas e armazenadas no depósito de lenha.

Então, certa noite, o pai comentou que eles tinham suprimento de lenha suficiente para aquele ano, e a mãe disse que era hora de Almanzo voltar a ir para a escola, para ter ao menos algumas aulas no turno de inverno.

Almanzo observou que havia debulha de grãos a ser feita e que os potros precisavam ser adestrados.

– Por que preciso ir para a escola? – perguntou. – Eu já sei ler, escrever, soletrar e não quero ser professor nem ter uma loja quando crescer.

– Você já sabe ler, escrever e soletrar – disse o pai calmamente. – Mas sabe fazer contas?

– Sim, papai – respondeu Almanzo. – Sei fazer… algumas.

– Um fazendeiro precisa saber mais do fazer algumas contas, filho. É melhor você ir para a escola.

Almanzo não disse mais nada; sabia que não adiantaria. Na manhã seguinte, pegou sua vasilha de almoço e foi para a escola.

Naquele ano, seu lugar de se sentar era mais para trás na sala de aula, então ele tinha uma carteira para colocar os livros e a prancheta. E estudou bastante para entender aritmética de uma vez por todas, porque, quanto antes aprendesse, mais cedo chegaria o dia em que não precisaria mais ir para a escola.

A carteira do senhor Thompson

O pai de Almanzo tinha tanto feno armazenado naquele ano que o gado não comeria tudo, então ele decidiu vender uma parte na cidade. Foi para o bosque e voltou trazendo um tronco de freixo reto e liso. Removeu a casca e, com um malho de madeira, foi batendo no tronco, virando e batendo, até amaciar a camada de madeira que havia crescido no verão e soltar a camada interna, que havia crescido no verão anterior.

Então, com uma faca, cortou longas tiras de uma ponta a outra, com cerca de quatro centímetros de largura.

Quando Almanzo viu as tiras empilhadas no chão do celeiro, concluiu que o pai ia enfardar feno e perguntou:

– Vai precisar de ajuda?

Os olhos do pai brilharam.

– Vou precisar sim, filho – respondeu ele. – Você pode faltar à escola. Nunca é cedo demais para aprender a enfardar feno.

Na manhã seguinte, bem cedo, o senhor Weed, o enfardador, foi à fazenda com sua prensa, e Almanzo ajudou a levá-la até o celeiro. Era uma caixa de madeira sólida, com a largura e o comprimento de um fardo de feno, mas com três metros de altura. A tampa fechava bem, e o fundo era removível. Havia duas alavancas de ferro articuladas ao fundo removível, que deslizavam em pequenas rodas sobre trilhos de ferro que saíam de cada extremidade da caixa. Os trilhos eram semelhantes a trilhos de trem, e por isso o equipamento era chamado de prensa férrea. Tratava-se de uma máquina nova para enfardar feno. No pátio em frente ao celeiro, o pai de Almanzo e o senhor Weed montaram um cabrestante com um longo eixo e uma corda que passava por um anel sob a prensa e era amarrada a outra corda ligada às rodas na extremidade das alavancas.

Quando tudo estava pronto, Almanzo atrelou Bess ao eixo. O pai colocou feno na caixa, e o senhor Weed calcou bem, até não caber mais feno. Depois tampou a caixa, e o pai exclamou:

– Pronto, Almanzo!

Almanzo bateu de leve a rédea no lombo de Bess e deu o comando:

– Eia, Bess!

Bess começou a andar em volta do cabrestante, que começou a enrolar a corda. A corda puxava as extremidades das alavancas para a prensa, enquanto as extremidades internas empurravam o fundo para cima. O fundo foi subindo lentamente, comprimindo o feno. A corda estalava e a caixa rangia, até que o feno ficou tão comprimido que não era possível comprimir mais.

– Uooa! – exclamou o pai.

– Uooa, Bess! – repetiu Almanzo.

O pai subiu na prensa e introduziu as tiras de freixo nas fendas estreitas da caixa, depois enrolou-as bem apertadas em volta do fardo de feno.

O senhor Weed abriu a tampa, e o fardo de feno se projetou para fora, por entre as tiras de freixo. Pesava mais de cem quilos, mas o pai a ergueu sem dificuldade.

Então o pai e o senhor Weed reajustaram a prensa, Almanzo desenrolou a corda do cabrestante, e eles repetiram a operação com outro fardo. Trabalharam o dia todo, e à noite o pai disse que tinham enfardado feno suficiente.

Almanzo sentou-se à mesa para jantar, desejando não precisar voltar à escola. Pensou nas contas de aritmética, a tal ponto que as palavras saíram de sua boca antes que ele tivesse tempo de pensar.

– Trinta fardos, a dois dólares o fardo... – começou. – São sessenta dólares o carregamen...

Ele se calou, assustado. Sabia que crianças não podiam falar à mesa, a menos que um adulto lhes dirigisse a palavra.

– Misericórdia, veja só! – exclamou a mãe.

– Muito bem, filho! – disse o pai. – Vejo que seus estudos estão valendo a pena. – Ele bebeu um gole de chá, colocou o pires na mesa e olhou novamente para Almanzo. – A melhor coisa do aprendizado é colocá-lo em prática. O que acha de ir comigo à cidade amanhã e vender o carregamento de feno?

– Ah, sim! Por favor, papai! – Almanzo respondeu animado. Não teria que ir à escola no dia seguinte!

Depois do jantar, foi até o celeiro, subiu nos fardos de feno e deitou-se lá em cima de bruços, balançando os pés. De onde estava via as costas dos cavalos. Estava tão alto como se estivesse no topo de uma árvore.

A carga oscilava ligeiramente, a carroça rangia, e os cascos dos cavalos produziam um som surdo na neve batida. O ar estava frio, o dia claro, o céu azul, e os campos cobertos de neve reluziam.

Logo depois da ponte sobre o rio Trout, Almanzo avistou um pequeno objeto preto na margem da estrada. Quando a carroça passou, ele se inclinou sobre a pilha de feno e viu que se tratava de uma carteira. Deu um grito, e o pai puxou as rédeas dos cavalos para que ele saltasse e pegasse a carteira. Era uma carteira preta e volumosa.

Almanzo escalou novamente os fardos de feno, e os cavalos prosseguiram. Ele examinou a carteira, abriu-a e viu que estava cheia de dinheiro. Mas não havia nada que indicasse o nome do dono.

Ele estendeu a carteira para o pai, que lhe entregou as rédeas. A parelha de bois parecia estar a uma grande distância lá embaixo, e Almanzo se sentiu muito pequeno. Mas gostava de conduzir. Segurou as correias com firmeza, e os cavalos foram avançando calmamente. Seu pai estava examinando a carteira e o dinheiro.

– Tem mil e quinhentos dólares aqui! – o pai exclamou. – De quem será isto? Deve ser de um homem avesso a bancos, ou não andaria por aí levando esta quantidade de dinheiro. Dá para ver pelas dobras nas notas que estão na carteira há algum tempo. E estão dobradas em um único maço, o que deve significar que ele as recebeu de uma vez só. Vamos pensar, quem pode ser, uma pessoa desconfiada, e sovina, que tenha vendido algo valioso nos últimos tempos?

Almanzo não sabia, mas o pai não esperava que ele respondesse. Os cavalos viraram direitinho na curva da estrada, tão bem como se o pai os estivesse conduzindo.

– Thompson! – exclamou o pai. – Ele vendeu um terreno no outono. Ele não gosta de bancos, é desconfiado e é avarento. É de Thompson, tenho certeza!

Ele guardou a carteira no bolso e pegou as rédeas das mãos de Almanzo.

– Vamos ver se o encontramos na cidade – falou.

O pai foi primeiro ao Armazém de Ração, onde também vendiam e alugavam cavalos, carroças e equipamentos. O dono os recebeu, e o pai de Almanzo deixou que ele vendesse o feno. Ficou apenas observando em silêncio, enquanto Almanzo explicava que o feno era de boa qualidade e que os fardos estavam bem prensados e com o peso certo.

– Quanto quer por eles? – perguntou o homem.

– Dois dólares e um quarto o fardo – respondeu Almanzo.

– Não pago esse preço – disse o homem. – Muito caro.

– Que preço o senhor acharia justo? – perguntou Almanzo.

– Nem um centavo acima de dois dólares – disse o homem.

– Está bem, faço por dois dólares – Almanzo concordou sem titubear.

O homem olhou para o pai de Almanzo, afastou o chapéu para trás e perguntou a Almanzo por que ele tinha a princípio cobrado dois dólares e um quarto.

– O senhor aceita pagar dois dólares? – Almanzo perguntou.

O homem disse que sim.

– Então – respondeu Almanzo –, eu cobrei dois dólares e um quarto porque, se cobrasse dois dólares, o senhor iria achar caro, e eu teria que baixar para um dólar e setenta e cinco centavos.

O homem riu e virou-se para o pai de Almanzo.

– Esperto esse seu menino.

– O tempo dirá – falou o pai. – Bons começos não necessariamente acabam bem. Veremos como ele se sairá a longo prazo.

O pai de Almanzo não recebeu o pagamento pelo feno; deixou que Almanzo recebesse o dinheiro e contasse para ver se estava certo.

Depois eles foram para a loja do senhor Case. Era uma loja que estava sempre cheia, mas o pai comprava muito lá, porque o senhor Case vendia suas mercadorias mais barato que os outros comerciantes. Ele costumava dizer "Prefiro ganhar centavos sempre e depressa do que dólares de vez em quando e aos poucos".

Almanzo ficou no meio da multidão de fregueses junto com o pai, esperando enquanto o senhor Case atendia por ordem de chegada. O senhor Case era educado e simpático com todo mundo; tinha que ser, porque eram todos seus fregueses. O pai de Almanzo também era educado com todo mundo, porém não tão simpático com uns quanto com outros.

Depois de um tempo, o pai de Almanzo entregou a ele a carteira e disse para ele ir procurar o senhor Thompson, já que o atendimento na loja iria demorar. Disse que ficaria esperando lá até ele voltar; não podiam perder tempo e se atrasar para ir cuidar dos animais.

Não havia outros meninos na rua; estavam todos na escola. Almanzo gostou da sensação de descer a rua levando todo aquele dinheiro e pensou como o senhor Thompson ficaria feliz ao recuperá-lo.

Ele olhou nas lojas, na barbearia, até no banco. Então avistou a parelha do senhor Thompson em uma rua lateral, em frente ao galpão de carroças do senhor Paddock. Abriu a porta da construção baixa e comprida e entrou.

O senhor Paddock e o senhor Thompson estavam em pé perto do fogão bojudo, olhando para uma peça de nogueira e conversando a respeito. Almanzo esperou, porque seria falta de educação interromper.

Estava quentinho dentro do galpão, e havia no ar um cheiro agradável de madeira recém-cortada, couro e tinta. Atrás do fogão, dois homens estavam montando uma carroça, e outro estava pintando linhas vermelhas estreitas nos raios das rodas de um coche novo. O coche reluzia em sua recente pintura preta brilhante. Longas tiras de aparas de madeira estavam amontoadas em pilhas pelo chão, e o ambiente ali era tão aconchegante quanto um celeiro em um dia chuvoso. Os homens assobiavam enquanto faziam medições e marcas e serravam a madeira fresca e perfumada.

O senhor Thompson estava regateando o preço de uma carroça nova. Almanzo concluiu que o senhor Paddock não simpatizava com o senhor Thompson, mas estava tentando vender a carroça. Calculou o custo com seu grande lápis de marceneiro e tentou calmamente persuadir o senhor Thompson.

– Veja, eu não posso reduzir mais o preço, porque tenho que pagar meus funcionários – ele explicou. – Estou fazendo o mais barato possível para o senhor. Garanto que faremos uma bela carroça; se não ficar do seu agrado, não precisará comprar.

– Bem, talvez eu volte aqui se não conseguir um preço melhor em outro lugar – disse o senhor Thompson, cético.

– É sempre um prazer atendê-lo – disse o senhor Paddock.

Nesse momento, ele viu Almanzo e perguntou como estava a leitoa. Almanzo gostava do corpulento e alegre senhor Paddock; ele sempre perguntava por Lucy.

– Ela deve estar pesando uns setenta quilos já – contou Almanzo. Em seguida, virou-se para o senhor Thompson e perguntou:

– Por acaso o senhor perdeu sua carteira?

O senhor Thompson apalpou o bolso com um sobressalto e deixou escapar uma exclamação abafada.

– Sim, perdi! E tinha mil e quinhentos dólares nela! Mas como... Por que pergunta? Sabe de alguma coisa a respeito?

– É esta? – perguntou Almanzo.

– Sim, sim, é! – exclamou o senhor Thompson, pegando a carteira.

Abriu-a e contou apressadamente o dinheiro. Contou duas vezes, com avidez. Então deu um longo suspiro de alívio.

– Bem, esse garoto maldito não roubou nada.

Almanzo sentiu o rosto arder. Queria bater no senhor Thompson.

O senhor Thompson enfiou a mão magra no bolso da calça e tirou uma moeda.

– Pegue – disse, colocando a moeda na mão de Almanzo. Era um níquel.

Almanzo estava tão zangado que mal conseguia enxergar. Detestava o senhor Thompson, queria revidar. O senhor Thompson o chamara de garoto maldito, além de insinuar que ele era ladrão. Ele não queria aquele níquel, que de tão velho estava escurecido e manchado. De repente ocorreu-lhe uma resposta.

– Pegue – disse, devolvendo a moeda. – Fique com seu níquel, eu não tenho troco.

O rosto fino do senhor Thompson ficou vermelho. Um dos homens da fábrica deu uma risadinha, mas o senhor Paddock virou-se para o senhor Thompson, zangado.

– Não chame o menino de ladrão, Thompson! – repreendeu. – E ele também não é um pedinte. É assim que trata um menino que veio lhe trazer seus mil e quinhentos dólares? Chamando-o de ladrão e dando-lhe um níquel?

O senhor Thompson deu um passo para trás, mas o senhor Paddock deu outro à frente e cerrou o punho na frente do nariz dele.

– Seu muquirana miserento! – continuou o senhor Paddock. – Não me deixe saber que fez isso outra vez, e muito menos no meu estabelecimento! Um menino bom, honesto, decente, e você...

– Está bem, eu dou um centavo para ele...

– Não! Você vai dar cem dólares para ele, e já! Cem não, duzentos! Dê a ele duzentos dólares, ou arque com as consequências!

O senhor Thompson tentou dizer alguma coisa, e Almanzo, também, mas o senhor Paddock continuava com o punho cerrado, e os músculos de seus braços tensionaram.

– Duzentos! – ele gritou. – Agora, rápido, se não quiser dar à força!

O senhor Thompson se encolheu, umedeceu o polegar com a ponta da língua e contou algumas notas, apressado. Em seguida estendeu-as para Almanzo.

– Senhor Paddock... – Almanzo balbuciou, mas o senhor Paddock o ignorou, ainda enfrentando o senhor Thompson.

– Agora dê o fora daqui! Saia!

Antes que Almanzo tivesse tempo de piscar, viu-se com todas aquelas cédulas na mão, e o senhor Thompson já saía, batendo a porta.

Almanzo estava tão atônito que até gaguejou. Disse que achava que o pai não iria aprovar aquilo. Sentia-se inseguro sobre aceitar aquele dinheiro, mas queria ficar com ele. O senhor Paddock disse que falaria com o pai dele; desenrolou as mangas arregaçadas da camisa e vestiu o paletó.

– Onde está seu pai? – perguntou.

Almanzo precisou quase correr para acompanhar os passos do senhor Paddock. Levava as notas na mão, segurando-as bem apertado. Quando chegaram ao armazém, o pai estava colocando os sacos de compras na carroça, e o senhor Paddock contou a ele o que tinha acontecido.

– Por um triz eu não amassei o nariz dele! – disse o senhor Paddock. – Mas refleti que nada seria pior para ele do que abrir mão do dinheiro. E sem dúvida o menino merece.

– Não acho que alguém mereça uma recompensa por ser honesto – disse o pai. – Mas aprecio a sua atitude, Paddock.

– Entendo que é uma obrigação ser honesto, e que o esperado seria uma demonstração decente de gratidão por parte do senhor Thompson – concordou o senhor Paddock. – Mas, depois do gesto que o menino teve, ainda ouvir insultos... Eu lhe digo que Almanzo mereceu esses duzentos dólares.

– Bem, você não deixa de ter razão – disse o pai. Finalmente ele decidiu:

– Está bem, filho, pode ficar com o dinheiro.

Almanzo alisou as notas e olhou para elas; duzentos dólares! Era o valor que o pai recebia na venda de um cavalo de quatro anos.

– Eu lhe agradeço muito, Paddock, por ter defendido meu filho – disse o pai de Almanzo.

– Era o mínimo a fazer. Posso me dar ao luxo de perder um freguês de vez em quando, sendo por um boa causa – falou o senhor Paddock. Então virou-se para Almanzo: – O que vai fazer com o dinheiro, rapaz?

Almanzo olhou para o pai.

– Posso depositar no banco? – perguntou.

– É o lugar certo para se guardar dinheiro – disse o pai. – Bem, bem, bem, duzentos dólares! Eu tinha o dobro da sua idade quando vi essa quantidade de dinheiro pela primeira vez.

– Eu também – disse o senhor Paddock. – Um pouco mais, na verdade.

Almanzo e o pai foram para o banco. O balcão ficava na altura do rosto de Almanzo. Sentado em um banco alto, com a caneta na orelha, o caixa inclinou-se para olhar para Almanzo.

– Não acha melhor depositar o dinheiro na sua conta, senhor? – perguntou ele ao pai de Almanzo.

– Não – respondeu o pai. – O dinheiro é do menino. Ele é quem deve cuidar. Nunca é cedo demais para aprender.

– Sim, senhor – disse o caixa.

Almanzo teve que assinar seu nome duas vezes. Então o caixa contou cuidadosamente o dinheiro e escreveu o nome de Almanzo em uma caderneta. Escreveu "$200" e entregou a caderneta a Almanzo.

Quando Almanzo e o pai saíram do banco, ele perguntou:

– Como faço para ter o dinheiro de novo?

– Você pede no banco, e eles lhe entregam. Mas lembre-se, filho, enquanto o dinheiro estiver no banco, está rendendo. Cada dólar no banco rende quatro centavos por ano. É a forma mais fácil de ganhar dinheiro. Toda vez que você quiser gastar um níquel, pare para pensar em quanto você precisa trabalhar para ganhar um dólar.

– Sim, papai – disse Almanzo.

Estava pensando que tinha mais do que o suficiente para comprar um potrinho. Poderia adestrar um potro seu; poderia ensinar tudo a ele. O pai nunca o deixaria adestrar um dos potros da fazenda.

Mas aquele dia cheio de emoções ainda não tinha acabado.

O pequeno fazendeiro

O senhor Paddock encontrou Almanzo e o pai do lado de fora do banco. Ele contou ao pai de Almanzo que tinha algo em mente.
– Estava já há algum tempo para lhe falar – disse. – É sobre este seu rapazinho aqui.
Almanzo ficou surpreso.
– Alguma vez pensou na possibilidade de seu filho aprender marcenaria? – perguntou o senhor Paddock.
– Bem… não – o pai de Almanzo respondeu. – Nunca pensei nisso.
– Bem, que tal pensar agora? É um negócio em ascensão, Wilder. O país está em desenvolvimento, a população está crescendo depressa, e as pessoas vão precisar de transporte. Estamos tendo cada vez mais clientes. É uma ótima oportunidade para um jovem inteligente.
– Sim – disse o pai.
– Eu não tenho filhos, mas você tem dois – disse o senhor Paddock. – Não demora muito para ter que pensar no futuro deles. Se concordar que Almanzo seja meu aprendiz, eu o tratarei muito bem. Se ele se sair como eu espero, não há por que não ficar com o meu negócio futuramente. Será um homem rico, com cerca de cinquenta homens trabalhando para ele. Vale a pena pensar nisso.

– Sim – o pai concordou. – Vale a pena pensar, sim. Eu lhe agradeço, Paddock.

O pai de Almanzo não falou no trajeto para casa. Almanzo ia sentado ao lado dele na carroça, também sem dizer nada. Tanta coisa havia acontecido que ele ficava pensando em tudo ao mesmo tempo.

Pensava nos dedos do caixa do banco, manchados de tinta, na expressão carrancuda do senhor Thompson, com os cantos da boca curvados para baixo, nos punhos cerrados do senhor Paddock, na oficina de carroças, movimentada, quentinha e aconchegante. E pensava que, se fosse aprendiz do senhor Paddock, não precisaria ir para a escola.

Algumas vezes ele já sentira inveja dos funcionários do senhor Paddock. O trabalho deles era fascinante. Aquelas aparas finas de madeira, encaracoladas, as tábuas lisas e planas, macias, que eles manuseavam o tempo inteiro... Almanzo gostaria de fazer o mesmo. Gostaria de usar o grande pincel para pintar os veículos e o pincel mais fino e pontudo para desenhar os detalhes decorativos.

Quando um coche ficava pronto, todo reluzente com a pintura recente, ou quando uma carroça era concluída, com todas as peças de nogueira ou de carvalho, as rodas pintadas de vermelho e a carroceria de verde, com uma gravura desenhada na parte traseira, os homens ficavam orgulhosos. Eles construíam carroças tão resistentes quanto os trenós de seu pai, e bem mais bonitas.

Almanzo sentiu o volume da caderneta do banco em seu bolso e pensou em como seria ter um potro. Queria tanto ter um, com as pernas esbeltas e olhos grandes e amorosos, como os de Starlight! Queria ensinar tudo ao potrinho, como havia ajudado a treinar Star e Bright.

Assim, Almanzo e o pai voltaram para casa em silêncio. O ar estava frio e sem vento, e as árvores pareciam riscos escuros desenhados na neve e no céu.

Estava na hora de cuidar dos animais quando eles chegaram. Almanzo ajudou nas tarefas, mas demorou-se uns minutos a mais admirando Starlight. Acariciou o focinho aveludado, a curva do pescoço sob a crina. Starlight retribuiu o carinho mordiscando a manga do casaco de Almanzo.

– Filho, onde você está? – o pai chamou, e Almanzo correu para fazer a ordenha, sentindo-se culpado.

Na hora do jantar, ele comeu com gosto, enquanto a mãe comentava sobre o que havia acontecido. Ela dizia que nunca na vida poderia imaginar...! Disse que estava estarrecida e que não entendia por que era tão difícil fazer o pai contar os detalhes, já que o pai respondia laconicamente às suas perguntas, tão concentrado que estava em comer quanto Almanzo. Por fim ela perguntou:

– James, o que foi? Em que está pensando?

Então o marido contou a ela que o senhor Paddock queria que Almanzo fosse aprendiz na fábrica de carroças.

A mãe arregalou os olhos, e seu rosto ficou da cor de seu vestido vermelho de lã. Ela apoiou os talheres no prato.

– Nunca ouvi absurdo maior na vida! – exclamou. – Quanto antes o senhor Paddock esquecer essa ideia, melhor! Espero que você tenha colocado algum juízo na cabeça dele! Por que cargas-d'água, eu gostaria de saber, Almanzo iria morar na cidade obedecendo às ordens de Fulano, Sicrano e Beltrano?

– Paddock ganha muito dinheiro – disse o pai de Almanzo. – Para falar a verdade, ele ganha muito mais que eu. Ele considera que seria uma boa oportunidade para um jovem.

– Ora essa! – a mãe exclamou, inconformada. – A que ponto chegamos, em que um homem acha que é melhor deixar uma boa fazenda para ir ganhar a vida na cidade?! De que forma o senhor Paddock ganha dinheiro senão trabalhando para os fazendeiros? Se não fôssemos nós, agricultores, ele estaria falido!

– É verdade, mas...

– Não tem "mas" nem meio "mas"! – interrompeu a mãe, zangada. – Ora, como se já não bastasse Royal vir com a ideia de ter uma loja! Pode até ganhar dinheiro, mas nunca será o homem que você é. Passar a vida negociando com as pessoas, nunca será um homem independente...

Por um minuto Almanzo pensou que a mãe fosse chorar.

– Não leve tão a sério – disse o pai, tristonho. – Talvez para ele seja bom...
– Eu não admito que Almanzo siga esse caminho! – a mãe gritou. – Não vou admitir, está entendendo?
– Eu penso como você – disse o pai. – Mas ele é que terá que decidir. Pela lei podemos obrigá-lo a ficar na fazenda até ser maior de idade, mas não será bom para ele se não for o que ele quer. Não. Se for a vontade de Almanzo ser aprendiz de Paddock, quanto mais novo ele começar, melhor.
Almanzo continuou a comer. Estava escutando a conversa, mas estava apreciando intensamente o gosto bom da carne assada e do molho de maçã. Bebeu um longo gole de leite, depois suspirou, ajustou melhor o guardanapo no colarinho e serviu-se de mais uma fatia de torta de abóbora, temperada com açúcar e especiarias. A torta derreteu deliciosamente em sua boca.
– Ele é novo demais para decidir qualquer coisa – protestou a mãe.
Almanzo deu outra mordida na torta. Não podia falar à mesa, a menos que falassem com ele, mas achava que já tinha idade para saber se queria ser como o pai ou se queria ter outra profissão. Mas não queria ser como o senhor Paddock; o senhor Paddock era obrigado a agradar clientes mesquinhos como o senhor Thompson para não perder uma venda. Seu pai era livre e independente; se abria mão de alguma coisa para agradar alguém, era porque queria.
De repente Almanzo percebeu que o pai estava falando com ele. Engoliu a comida e quase engasgou.
– Sim, papai!
O pai tinha um ar solene.
– Filho – disse ele –, você ouviu o que Paddock sugeriu sobre você ser seu aprendiz?
– Sim, papai.
– E o que acha disso?
Almanzo não sabia exatamente o que responder. Não tinha lhe ocorrido que poderia opinar. Achara que teria que fazer o que o pai mandasse.
– Bem, filho, pense sobre isso – disse o pai. – Quero que você decida. Com Paddock você teria uma vida mais fácil em alguns aspectos. Não precisaria enfrentar o rigor do inverno. Nas noites frias poderá ficar aconchegado

em frente à lareira, sem se preocupar se os animais estão passando frio. Não fará muita diferença se está chovendo ou se faz sol, se está ventando ou nevando, você estará sempre abrigado, dentro de casa. E o mais certo é que você sempre terá fartura de alimentos, roupas e dinheiro no banco.

– James! – protestou a mãe.

– É a verdade, e precisamos ser justos – respondeu o pai. – Mas também tem outro lado, Almanzo. Você terá que depender de outras pessoas se for para a cidade. O seu lucro sempre irá depender do que você vender. Já um fazendeiro só depende dele mesmo, e da terra e do clima. Quando você é fazendeiro, você semeia o seu alimento, produz suas roupas e se mantém aquecido com a lenha que você colhe. Você trabalha muito, mas trabalha quando e como quer, sem ninguém para lhe dar ordens. Você é livre e independente em uma fazenda, filho.

Almanzo se encolheu um pouco. O pai olhava para ele muito sério, e a mãe, também. Ele não queria viver dentro de quatro paredes, suportando pessoas de quem não gostava e não ter cavalos, nem vacas, nem andar pelos campos. Queria ser exatamente igual ao pai, mas relutava em confessar.

– Pense o tempo que quiser, filho – disse o pai. – Pense bem e decida o que você quer.

– Papai! – Almanzo exclamou.

– Sim, filho?

– Posso mesmo dizer o que eu quero? De verdade?

– Pode, filho – o pai o encorajou.

– Eu quero um potro – disse Almanzo. – Posso comprar um potro para mim com uma parte dos duzentos dólares, e o senhor me deixaria adestrá-lo?

A barba do pai se alargou lentamente com um sorriso. Ele colocou o guardanapo no colo, recostou-se na cadeira e olhou para a mãe de Almanzo. Em seguida olhou para ele e falou:

– Filho, deixe seu dinheiro no banco.

Almanzo sentiu o coração afundar. Mas então, de repente, o mundo se iluminou, quando o pai acrescentou:

– Se é um potro o que você quer, eu lhe dou Starlight.

– Papai! – Almanzo exclamou, quase sem voz. – O senhor me dá Starlight? Para ser *meu*?

– Sim, filho. Você poderá adestrá-lo, conduzi-lo e, quando ele estiver com quatro anos, poderá vendê-lo, ou ficar com ele, como preferir. Amanhã cedinho vamos trazê-lo para o pátio com uma corda, e você poderá começar a treiná-lo.

Naquela noite, Almanzo dormiu embalado por uma felicidade imensa. Muitos anos depois, ainda se lembraria daquele dia como o mais feliz de sua vida!

Sobre a autora

Laura Ingalls Wilder nasceu em Pepin, Wisconsin, em 7 de fevereiro de 1867, filha de Charles Ingalls e da esposa dele, Caroline.

Quando Laura ainda era um bebê, seus pais decidiram mudar-se para uma fazenda perto de Keytesville, no Missouri, e a família viveu ali por cerca de um ano. Depois mudaram-se para a pradaria ao sul de Independence, no Kansas, onde moraram por dois anos até retornarem para a Grande Floresta para morar na mesma casa que haviam deixado três anos antes.

Dessa vez a família ficou na Grande Floresta por três anos. Foi sobre estes anos que Laura escreveu em seu primeiro livro, *Uma casa na floresta (Little house in the Big Woods)*.

No inverno de 1874, quando Laura estava com sete anos, seus pais decidiram mudar-se para o oeste, para Minnesota. Encontraram uma linda fazenda perto de Walnut Grove, às margens de Plum Creek.

Os dois anos seguintes foram difíceis para os Ingalls. Enxames de gafanhotos devoraram todas as colheitas da região, e o casal não conseguiu pagar todas as suas dívidas. Decidiram então que não tinham mais condições de manter a fazenda em Plum Creek e mudaram-se para Burr Oak, em Iowa.

Depois de um ano em Iowa, a família voltou para Walnut Grove, e o pai de Laura construiu uma casa na cidade e abriu um açougue. Laura estava com dez anos e ajudava os pais trabalhando no restaurante de um hotel local, fazendo bicos de babá e outros pequenos serviços.

A família mudou-se mais uma vez, para a pequena cidade de De Smet, no Território de Dakota. Laura estava com doze anos e já tinha morado em pelo menos doze casas. Em De Smet, ela se tornou adulta e conheceu seu marido, Almanzo Wilder.

Laura e Almanzo se casaram em 1885 e a filha deles, Rose, nasceu em dezembro de 1886. Na primavera de 1890, Laura e Almanzo já tinham enfrentado agruras demais para levar adiante a vida na fazenda em Dakota do Sul. A casa deles havia se incendiado em 1889, e seu segundo filho, um menino, morrera antes de completar um mês de idade.

Primeiro, Laura, Almanzo e Rose foram para o leste, para Spring Valley, em Minnesota, para morar com a família de Almanzo. Cerca de um ano depois eles se mudaram para o sul da Flórida. Mas Laura não gostou da Flórida e a família voltou para De Smet.

Em 1894, Laura, Almanzo e Rose saíram definitivamente de De Smet e se estabeleceram em Mansfield, no Missouri.

Com cinquenta e poucos anos, Laura começou a escrever suas memórias de infância, e, em 1932, quando estava com sessenta e cinco anos, *Uma casa na floresta* foi publicado. O sucesso foi imediato, e Laura foi convidada pelos editores a escrever outros livros sobre sua vida na fronteira.

Laura morreu em 10 de fevereiro de 1957, três dias depois de completar noventa anos, mas o interesse em seus livros continuou a crescer. Desde a primeira publicação, há tantos anos, os livros da coleção Little House foram lidos por milhões de leitores no mundo todo.